講談社文庫

# 決戦！賤ヶ岳

木下昌輝、簑輪諒、吉川永青、
土橋章宏、矢野隆、乾緑郎、天野純希



講談社

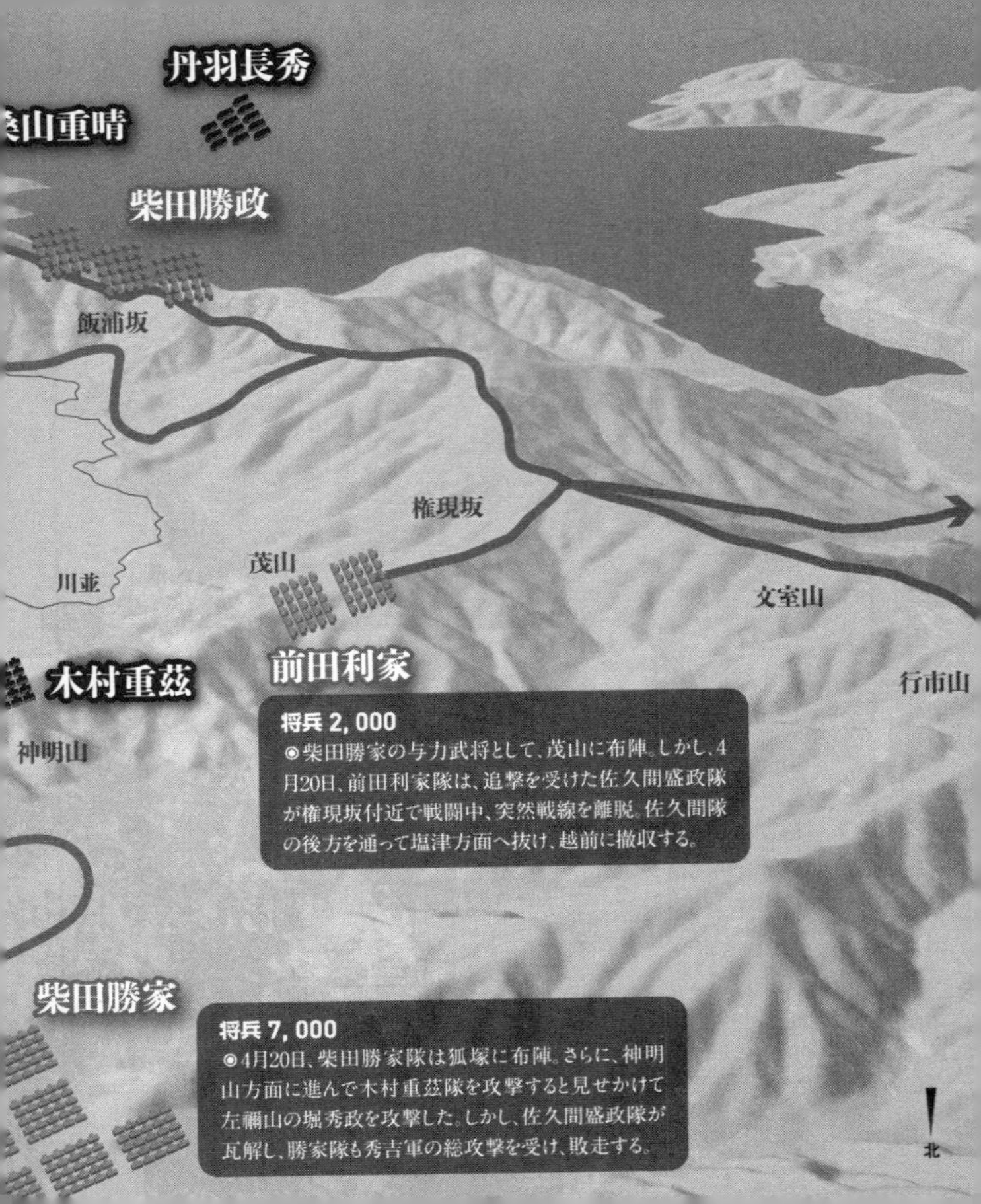
丹羽長秀
山重晴
柴田勝政
飯浦坂
権現坂
茂山
川並
文室山
前田利家
木村重茲
行市山
将兵 2,000
◉柴田勝家の与力武将として、茂山に布陣。しかし、4月20日、前田利家隊は、追撃を受けた佐久間盛政隊が権現坂付近で戦闘中、突然戦線を離脱。佐久間隊の後方を通って塩津方面へ抜け、越前に撤収する。
神明山
柴田勝家
将兵 7,000
◉4月20日、柴田勝家隊は狐塚に布陣。さらに、神明山方面に進んで木村重茲隊を攻撃すると見せかけて左禰山の堀秀政を攻撃した。しかし、佐久間盛政隊が瓦解し、勝家隊も秀吉軍の総攻撃を受け、敗走する。
北

将兵 15,000
◉木之本に布陣していた秀吉隊は4月16日、岐阜城で織田信孝が挙兵したため、いったん大垣城へ向かう。20日、大岩山砦陥落を知った秀吉は大垣城から急行し、午後9時には木之本へ着陣。21日の未明に撤退中の佐久間盛政隊、柴田勝政隊を攻撃する。
賤ヶ岳の七本槍
加藤清正 木下昌輝
加藤嘉明 天野純希
福島正則 矢野隆
片桐且元 土橋章宏
脇坂安治 吉川永青
平野長泰 乾緑郎
糟屋武則 簑輪諒
羽柴秀吉
賤ヶ岳
木之本
田上山
大岩山
中川清秀
羽柴秀長
高山重友
尾野呂浜
佐久間盛政
余呉湖
岩崎山
将兵 5,000
◉行市山に布陣していた佐久間盛政隊は、秀吉隊不在を好機と見て、柴田勝政隊とともに迂回奇襲を敢行。4月20日午前10時、大岩山砦を陥落させる。秀吉の帰還を知って20日の深夜に撤退を開始するが、未明に秀吉隊の追撃を受ける。
小川祐忠
中之郷
堂木山
左禰山
木下一元
堀秀政
狐塚

春日山城
上杉景勝
越後
能登
七尾城
前田利家
富山城
佐々成政
佐久間盛政
金沢城
越中
上野
加賀
拝郷家嘉
大聖寺城
信濃
三木自綱
飛騨
高山城
柴田勝家
北ノ庄城
大野城
越前
金森長近
高遠城
新府城
賤ヶ岳
甲斐
美濃
織田信孝
岐阜城
長浜城
富士山
柴田勝豊
※賤ヶ岳の戦の前に降服。
羽柴方につく。
大垣城
尾張
織田信雄
清洲城
近江
長島城
滝川一益
駿河
三河
遠江
伊豆
伊賀
浜松城
徳川家康
伊勢
志摩
人名 羽柴秀吉方の武将
人名 柴田勝家方の武将
人名 中立の武将
羽柴秀吉方の勢力圏
柴田勝家方の勢力圏
その他

# 決戦！賤ヶ岳
## 羽柴秀吉vs.柴田勝家 勢力図

目次

# 決戦！賤ヶ岳

# 槍よ、愚直なれ

木下昌輝

尾張国中村《おわりなかむら》の風を、加藤虎之助《かとうとらのすけ》は久々に味わっていた。いや、両脇にある田んぼに茂る稲は揺れていないから、走る虎之助が生む空気の動きが肌を撫でているのだ。

やがて田んぼの外れに、一本の松が見えてきた。根元に若い女が座っている。手に何かを持ち、一心不乱に読んでいた。

「ちくしょう」と言った口が、微笑を象《かたど》っていることを虎之助は自覚する。

近江国長浜《おうみながはま》から尾張中村へ行く使いに文を託したのが、一日前だ。〝田んぼの外れの一本松で待っていてくれ〟と書いた。文と同時に虎之助も出立するから、落ち合おうとも記した。文よりも早くつくつもりが、どうやら負けてしまったようだ。当然か。使いは馬に乗っていたが、虎之助は徒歩だ。

息を荒らげつつ木へと走り寄ると、気づいた女が立ち上がった。つり上がり気味の眦《まなじり》は、よく研いだ槍の穂先のように美しい。

「お千《せん》、何刻ほど待った。不眠不休で走ったが、負けてしまったな」

足を緩《ゆる》め汗を拭《ぬぐ》い近づくと、女の眦がさらにつり上がった。

「このたわけ。大事な時に何をのこのこ尾張まで。あなたは、これから中国に出陣するのでしょう」

虎之助の仕える羽柴《はしば》〝筑前守《ちくぜんのかみ》〟秀吉《ひでよし》は、中国方面軍の総大将として、山陰や山陽で合戦を繰り広げていた。昨年、播磨《はりま》の三木《みき》城を落とし、次は山陰の鳥取《とっとり》城に兵を進める。その軍に、虎之助も同行する。

「虎之助にとって大切な初陣《ういじん》でしょうが。少しでも戦場のお役に立てるよう、寸暇を惜しんで刀槍を磨《みが》きなさい」

叱声《しっせい》が心地いいのは、きっと正論だからだろう。千の背丈は、大人の男と比べても遜色《そんしょく》ない。何より手足が長く細い。六尺（約百八十センチ）近い長軀《ちょうく》の虎之助と並んでも、千は少し顎《あご》を上げるだけだ。これが主人の羽柴秀吉なら、首を後ろに折る姿勢をとる。

「刀槍の手入れ以上に、心身のはりが大事だと思ってな。千に叱られると、気合いが湧《わ》く」

虎之助は腕を伸ばし、千の長い首に近づけた。一寸（約三センチ）ほどの傷が横に走っていた。幼少の頃、千と喧嘩をしたのだ。女に武士の覚悟は宿らないと馬鹿にした虎之助に、千が怒り、辱《はずかし》められたと喉元《のどもと》に短刀を突きつけた。すんでのところで虎之助が止めに入って、小さい傷だけですんだ。

千の古傷を撫でようとして、はたかれた。

「痛いじゃないか」

「指を折られなかっただけ、ありがたく思いなさい」

千は、虎之助の剣術の師匠塚原《つかはら》小才治《こさいじ》の娘だ。当然、関節のひとつやふたつを折るなど朝飯前である。

「虎之助の文に、伝えたいことがある、とありました。何なのですか」

「うむ」と、息を飲み込む。いつのまにか、心臓が暴れ馬のように跳ねている。ままよと、口を開いた。

「千、俺は戦《いくさ》で必ず手柄を立てる。万石の侍大将になる。そして——」

吸うつもりもなかったのに、息が胸の中になだれ込んできた。

「お、お前を嫁に迎えに来る。いいか」

虎之助の目線は地に落ちていた。顔を上げて、千の表情を確かめたいができない。

「千、お前はすごい女だ」

やっと、虎之助の顎が少しだけ上がる。見えたのは、千の首の傷だ。大の男でも、ああも躊躇《ちゅうちょ》なく短刀で己の首を突けない。

「手柄を立て、お前にふさわしい侍になって迎えにくる。そのことを伝えたかった」

くるりと背を向けた。

「待ちなさい」

背中から届いた声は、少し震えているような気がした。

虎之助の首に何かが渡される。うなじのところで、結ぶ気配がした。目を下に落とすと、胸の前に紺色のお守りがぶら下がっている。〝武運長久〟の四字が墨書《ぼくしょ》されていた。

「虎之助、武士として勇ましく戦うのですよ」

千は、待っていますとも、ご無事でとも言わない。虎之助の胸が熱くなる。やはり、いい女だ。生還よりも、誉《ほまれ》ある死の方が価値が高いと知っている。

＊

中国の戦場では、梅雨時《つゆどき》の雨が絶え間なく降っていた。虎之助が着る小具足《こぐそく》や陣羽《じんば》織《お》りなす雨が戦場を容赦なく濡らす。

眼前には巨大な湖があり、浮島を思わせる城がぽつんとあった。備中高松城《びっちゅうたかまつ》だ。羽柴秀吉は高松城の支城を次々と落とし、裸城にしたところで巨大な堤防を築いた。今、虎之助が踏む大地が、それだ。堤防で足守川《あしもりがわ》の流れを堰《せ》き止め、人工の湖の中に敵の城を沈めようという魂胆だ。

嵩《かさ》を増す水を眺めつつ、虎之助は拳を握りしめた。

高松城の支城のひとつを攻めた時、虎之助は一番乗りで感状をもらった。だが、所詮は数百人が籠《こも》る小城。万石の加増には遠く及ばない。そもそも中国での秀吉の戦いは、兵糧攻めが主体で、虎之助のような槍武者は力を発揮できない。

「畜生、恨めしい雨だぜ」

後ろを向くと、福島市松《ふくしまいちまつ》や加藤孫六《かとうまごろく》、平野権平《ひらのごんべい》ら同年代の武者たちが十数人並んでいた。自分たちの手柄を奪う雨を睨《にら》んでいる。

「憎らしいのは、雨だけじゃないさ。後詰《ごづめ》にきた毛利勢もだ」

平野が、首を後ろに捻《ひね》った。救援に来た毛利の大軍が、高松城を囲む羽柴軍と対峙《たいじ》している。だが、旌旗《せいき》は雨に濡れ重たげで、戦意は感じられない。

「もはや、我ら織田《おだ》家に野戦を挑む馬鹿はいない。槍を振るっての戦いは、先の冠《かんむり》山城《やま》のような小城ばかりだ」

福島市松が、ため息を吐き出した。

「槍一本で出世できる時代は終わったのかもな。このままじゃ、ろくな嫁さんをもらえん」

加藤孫六が自嘲《じちょう》するように言うと、十数人の武者たちが頷《うなず》いた。虎之助は雨滴に打ちつけられるがまま、皆の愚痴《ぐち》を聞いていた。唇に浸入する雨が、なぜか苦く感じる。

「おい、そういえば聞いたか」

割り込んで来たのは、小柄な武者だった。背は低いが筋肉と脂肪は十二分についており、顔と胴体の輪郭がまん丸に近い。大塩金右衛門《おおしおきんえもん》という、虎之助らと同年齢の武者だ。

「なんだぁ、大塩、まさか上方からの援軍がついたのか」

福島市松がかすかに目を血走らせる。

羽柴秀吉は敵の降伏を急がせるために、主君の織田信長《のぶなが》に援軍を要請していた。噂では、明智《あけち》光秀《みつひで》が万の兵を率いてくるはずだ。降り続く雨よりも厄介な存在だ。明智の兵が到着すれば、毛利は間違いなく屈服する。槍を振るう野戦が、はるか彼方に遠ざかる。

「そうじゃない。塚原様の娘の千殿のことよ」

虎之助の心臓が跳ねた。いや、懐《ふところ》にある千からもらったお守りが胸を叩いたかのようだった。

「なに、千殿がどうしたのだ」

武者振りついたのは虎之助ではなく、福島市松や加藤孫六らだった。千の強さと美しさに、皆が憧れを持っている。

「それがな、輿入《こしい》れが決まったそうじゃ」

全員が驚きの声を上げた。

「だ、誰の嫁になるのじゃ」

「聞き捨てならぬ。木《こ》っ端《ぱ》武者なら納得できぬぞ」

大塩と呼ばれた達磨《だるま》のような体格の武者に、男たちがまとわりつく。

「く、苦しい。はなせ、神戸《かんべ》三七《さんしち》様の与力の山路《やまじ》殿じゃ」

もみくちゃにされる大塩が、助けを乞うかのように叫んだ。

「山路殿じゃと」

織田信長の三男で伊勢《いせ》の神戸家に養子に入った神戸〝三七〟信孝《のぶたか》は、四国遠征軍の総大将だ。その与力の山路将監《しょうげん》は、もともと伊勢神戸家の家老で武勇の士として知られている。神戸家が織田家に乗っ取られた時も最後まで抵抗し、それが逆に天晴《あっぱ》れと信長に賞賛され直臣として取り立てられた。

大塩を解放したのは、山路将監が彼らよりも禄《ろく》も功名《こうみょう》もはるかに大きいからだ。

「千は——千殿は輿入れを承諾したのか」

口にしてから、虎之助は後悔した。

「当たり前じゃ。千殿の気性は皆が知っていよう。武家の女の鑑《かがみ》。両家の親の合意があれば、断ることなどあろうか」

予想した答えだった。そんな女だからこそ、虎之助は惚れたのだ。

何人かの視線が、己に向いている。虎之助が千の父から剣の手ほどきを受けていることは、皆が知っている。そして何人かは、虎之助と千が互いに想いあっていることも、だ。

襟《えり》に手をやり、首にかけていたものを取り出す。もらったお守りに、雨滴がひとつふたつと落ちた。

まさか、再び槍を振るう機会がやってこようとは。

しかも、その相手がかつての同朋とは。

＊

今、虎之助は山城国《やましろ》の大山崎《おおやまざき》の地にいた。

山と川に挟まれた隘路《あいろ》を、羽柴秀吉の軍勢が北上し通り抜けようとしている。隘路の終わりの開けた平地に布陣するのは、明智光秀率いる一万六千の軍勢だ。

明智光秀が本能寺で信長を急襲したと報《しら》せがきたのが十日前、急遽《きゅうきょ》毛利軍と講和をまとめ転進した。そして渡海前だった四国遠征軍の神戸信孝と合流し、ここ山崎の地で明智光秀を討たんとしていた。

二尺九寸（約九十センチ）の大太刀《おおだち》を肩に担ぎ、虎之助は駆けていた。味方の先鋒の働きを見極めろと、秀吉に下知されたのだ。従うのは数人の足軽のみ。得物《えもの》の十文字槍は物見には邪魔なので、本陣に預けている。しかし、検分だけで終えるつもりはない。

すでに合戦は始まっている。兜首《かぶとくび》を手土産に、先鋒の働き振りを秀吉に報せるのだ。

味方の高山右近《たかやまうこん》が、明智軍の伊勢与三郎《いせよさぶろう》と激しく干戈《かんか》を交えていた。弓鉄砲の矢戦ではなく、刀槍の間合いで互いの肉を斬り刻まんとしている。

虎之助は、躊躇なく乱戦の中に踏み込んだ。敵味方が入り乱れる戦場で、大太刀を振るう。群がる足軽を蹴散らし進んだ。

標的はすぐに見つけた。三日月の兜飾りを持つ武者だ。鉄砲隊を率いる侍大将のようで、周りには弾《たま》をこめんとする足軽が十人ほど膝をついていた。打ち放した銃煙が霧を思わせる。

「どけどけ」

大太刀を団扇《うちわ》のように振り回して、鉄砲足軽を薙《な》ぎ払う。歯を剝《む》いて、敵の侍大将が槍を繰り出してきた。三日月の兜飾りが陽光を反射し、虎之助の目を射す。よけるのは容易《たやす》かったが、あえて穂先を引きつけた。そして寸前で身を捻る。敵の槍が脇《わき》の下を通過するのと、大太刀を振り上げるのは同時だった。

まずは三日月の飾りが両断された。兜もひしゃげる。目鼻耳口のあらゆる穴から血を吹きこぼし、侍大将は倒れ伏す。

首を切らんと、馬乗りになった時、視界の隅で槍を持つ武者が見えた。肩に担ぎ投《とう》擲《てき》の構えをとっているではないか。鋭い穂先は、幅の広い笹穂槍《ささぼやり》と呼ばれるものだ。

切っ先は、虎之助の方を向いている。

視線がぶつかる。口髭《くちひげ》を持つ武者だ。その瞬間、相手の意図を悟る。

咆哮と共に、槍が武者の手から放たれた。

虎之助はよけない。

びゅうと音がし、首の横を笹穂の槍が通過した。続いて、火縄の大音響が背を打つ。首を捻ると、敵兵の胸に深々と槍が刺さっていた。手に持つ火縄銃は天を向き、白煙を吐き出している。虎之助を射たんとする兵を、口髭の武者が助けてくれたのだ。

「今のうちに首をとられよ。敵は拙者が引き受ける」

口髭の武者は腰の刀を抜き、虎之助に迫らんとする敵をひとりふたりと斬り伏せた。

返礼よりも先にすることがある。首を素早くかき切り、虎之助は立ち上がった。布に首をいれて、腰紐にくくりつける。

口髭の武者の足元には、数体の骸《むくろ》が折り重なっていた。虎之助は骸に刺さったままの笹穂槍を引き抜き、「得物を」と助太刀してくれた武者に投げ返した。

「悪いが、拙者は先へ行く」

片手で受け取り、背中を見せた。

礼を言おうとした虎之助だったが、口髭の武者はすでに前方へ駆けんとしている。

一方の虎之助は、秀吉の本陣に帰らねばならない。

「御名《おんな》は」

武者の背中に虎之助は声をかける。くるりと顔だけが振り向いた。

「神戸三七様が与力、山路将監」

名前だけを言い残して、千を娶《めと》った武者は乱戦の中へと消える。

＊

大山崎の地に、味方の勝鬨《かちどき》があちこちに木霊《こだま》していた。その中を歩くのは、虎之助だ。首を左右に回し、人を探す。やがて、目当ての人影を見つけた。

「おお、先ほどの若武者か」

口髭の下から白い歯を見せ、山路将監が笑いかけてくる。

「羽柴家の加藤虎之助と申します。危ういところを助けていただき、感謝いたします」

虎之助は深々と頭を下げた。

「虎之助？　もしや妻の実家の塚原殿の剣の弟子か」

上げた頭ですぐに頷いた。山路の表情に特別な変化はないので、千との仲は知らないのかもしれない。なぜか、胸を撫で下ろす。

「こたび、私が戦功を上げられたのは山路殿のおかげです。これを――」

言いつつ、虎之助は黒漆《くろうるし》で彩られた脇差を腰から抜いた。兜首をとった褒美として、秀吉から下賜《かし》されたものだ。

「よせよせ、儂《わし》も若い頃は年長者に助けられた。礼などもらっては、逆に名折れだ」

「それでは、逆に私の名折れになります」

いつもなら好意として有り難く受け止めるはずが、なぜか意地になっていた。

口髭の下から、山路が笑みを零《こぼ》す。

「頑固な男だな。では、別の形で礼を受け取るというのはどうだ」

「別の形とは」

「お主は、我が妻と歳も近い。千への土産《みやげ》に櫛《くし》でも買って帰ろうと思うのだが、どんな柄《がら》や色がよいか助言してくれぬか」

山路の顔に邪気は微塵もなかった。

「し、しかし、私は槍しか振ったことのない粗忽者《そこつもの》です。ご婦人が何を喜ぶかなど……」

断ろうとしたが、不覚にも桜の柄の櫛の姿が頭に浮かんだ。千のもっとも好きな花だ。

「桜はどうでしょうか」

言葉が、虎之助の唇をこじ開けた。

山路は首を折って考え込む。

「時季外れだが……そういえば妻の持ち物に桜の押し花があったな」

山路の言葉が、虎之助の胸をざわつかせる。

「悪くないかもしれんな。感謝するぞ。脇差よりも、その助言の方が儂には嬉しい」

目を糸のようにして笑う姿に、さらに胸が苦しくなった。虎之助は表情を悟られぬように深く一礼して、腰に脇差を差し直す。

＊

清洲《きよす》で行われた談合は、合戦よりも長く過酷で、そして退屈だった。

虎之助は福島市松や加藤孫六らと、城の御殿の廊下であぐらをかいている。羽柴家の侍だけではない。柴田《しばた》、丹羽《にわ》、滝川《たきがわ》、池田《いけだ》、森《もり》、それらに与力する家中の侍たちが部屋に納まりきらずに、廊下にひしめく。あるものは舟を漕ぐように居眠りし、あるものは博打《ばくち》を打ち、あるものは碁《ご》や将棋で時間を潰していた。

織田家の後継者と所領の分配を決める評議が開かれているのだ。

が、これが長い。家督は信長の直孫の三法師《さんぼうし》が継ぐことに決まったが、所領の分配はなかなか決まらない。秀吉とともに戦った織田（神戸）信孝、その兄の織田信雄《のぶかつ》にどの国を与えるか。明智や死んだ織田信忠《のぶただ》の領地を、誰がもらい受けるか。評議は難航している。

「た、大変じゃ」

叫びつつ、達磨のような体型の武士が駆け寄ってくる。

「どうした、大塩。所領が決まったのか。羽柴家は、どこを加増された」

虎之助らは腰を浮かし、大塩を待ち受ける。

「加増は加増だが、かわりに長浜を失う」

「なんだと」

皆が立ち上がった。大塩は両膝に手をついて、息を整える。近江国長浜は、秀吉が九年前に信長から宛行《あてが》われた本拠地だ。

「長浜は、柴田伊賀守《いがのかみ》様の領地になった」

柴田伊賀守は、柴田勝家の養子である。

「馬鹿いえ、こたび明智を討つのに柴田様に何の功があった。なぜ、一等武功を稼いだ我ら羽柴家が、領地を手放さねばならぬ」

叫んだ福島市松に、侍たちの視線が刺さる。いくつかに殺気が混じっているのは、柴田家やその与力の家中のものだ。

「よせ、市松、決まったことは仕方あるまい」

虎之助が叱りつける。

「それよりも重要なのは、長浜に所領を持つ我らの処遇だ」

先ほど、美濃《みの》国を織田信孝が采配することが決まった。それにより美濃に所領を持つ稲葉《いなば》一鉄《いってつ》らの城主は、その与力に組み込まれた。長浜に所領を持つ虎之助らが、柴田伊賀守の下につけられてもおかしくない。

「安心しろ。筑前様に加増された山城国から、我らは所領をもらえるようだ」

何人かが安堵《あんど》の息を吐く。

「では、長浜を伊賀守様だけで采配すると」

「いや、三七様の与力の何人かを、柴田伊賀守様の下につけて家老にするそうじゃ」

「そうか、慣れ親しんだ長浜を失うのは心残りだが、仕方あるまい」

虎之助は腕を組んだ。さざ波のようなざわめきが御殿を駆け抜けていく。廊下にひしめく他の家中の侍たちにも、秀吉が長浜を失うことが伝わったようだ。長浜を手放す衝撃が醒《さ》めれば、もっと別の絵が見えてきた。

秀吉のかつての本拠地を、柴田勝家と織田信孝が共同で統治する図式だ。

「ということは、三七様と柴田様は入魂《じっこん》ということか」

福島市松が声を落として訊くと、大塩は「だろうな」と頷いた。

ともに明智光秀を討った秀吉と信孝だが、秀吉が織田家の後継者に三法師を推したことで、完全に敵対していた。秀吉の本拠地の長浜を勝家の養子の柴田伊賀守に宛行い、信孝の与力を家老として派遣する。勝家と信孝による、露骨すぎる秀吉への構えだった。

「これは戦の匂いがするな」

福島市松らが、満面に笑みを浮かべる。赤子の頃から乱世の空気を吸ってきた。秀吉の深謀遠慮の全貌は想像だにできないが、直感で大きな戦があることは理解できる。それは虎之助らだけでなく、御殿の廊下にたむろする侍たち全員がそうだった。今までの弛緩《しかん》した空気は霧散し、はりつめたものが廊下に満ちる。

「それはそうと、大塩よ」

虎之助は、達磨のような体型の朋輩に声をかけた。

「三七様の与力から、誰が長浜の家老として移るのだ」

虎之助の問いに、大塩は一息ついて答える。

「山路将監殿だ。山崎の合戦でも手柄を上げた。家老として、これほどの御仁《ごじん》はおるまい」

＊

長浜城を、羽柴軍の旌旗が十重《とえ》二十重《はたえ》に囲っていた。ちらつく雪よりも白い旗が、城の曲輪《くるわ》に一本上がる。それを待っていたかのように、柴田伊賀守の旗指物《はたさしもの》が全て地に伏した。

開城降伏の合図である。

清洲での合議の後、まず動いたのは織田信孝だった。安土城にいた、織田家当主三法師を岐阜城へと移したのだ。

織田家を乗っ取る行為として弾劾《だんがい》したのが、羽柴秀吉だ。信孝追討の兵を挙げ、柴田伊賀守の守る長浜城を大軍で囲った。北陸《ほくりく》の柴田勝家は、深い雪に阻《はば》まれ救援に赴《おもむ》けない。またたくまに、開城させることに成功する。

虎之助らは甲冑《かっちゅう》を着込んで、長浜城の大手門を囲っていた。瓢箪《ひょうたん》の馬印が柱のように屹立し、その下で羽柴秀吉が床几《しょうぎ》に座している。

大手門の扉が軋《きし》み、ゆっくりと開く。陣羽織を着た男には、口髭が蓄えられていた。長浜城家老の山路将監だ。降伏を示す白旗を先導し、虎之助や秀吉の前までやってくる。

「柴田伊賀守が名代《みょうだい》、山路将監でございます。降伏開城の使者としてやって参りました」

秀吉の前で膝をついた。降る雪が、山路将監の肩に薄っすらと積もる。

「降伏の儀、確かに承った。非は、三法師様の身柄を奪った三七殿にある。伊賀守殿のご決断を、天も賢明なことと嘉《よみ》していよう」

山路将監の両の拳が震えている。伏せた顔は歪んでいるように見えた。どうやら、降伏は柴田伊賀守の意向で、家老の山路は反対していたようだ。

「では、粛々《しゅくしゅく》と開城の儀を済ませようか。山路殿よ、支度《したく》は万端であろうな」

山路は背後に合図を送った。大手門の扉の隙間から白装束《しろしょうぞく》の一団が現れた。大人の男はいない。女や娘、童《わらべ》ばかりだ。柴田伊賀守や家老たちの妻子——人質である。

虎之助の目が、ひとりの女人《にょにん》に吸い込まれる。一際《ひときわ》高い背、白い襟元から伸びる首には小さな傷が横に走っていた。美しい眦が、今日ばかりは痛々しい。

山路将監の妻、千である。

人質たちは静々と歩き、秀吉の前で横一列に並んだ。そしてひざまずく。

「死に装束とは殊勝なる心構え。安心なされ。筑前の名にかけて、決して疎《おろそ》かには扱わぬ」

不敵に笑う秀吉。言外に、裏切れば容赦はしないという意志が濃厚に含まれていた。

横に侍《はべ》る小姓《こしょう》に目をやり、秀吉が囁《ささや》く。

「これから攻める三七殿も、これくらいものわかりがよければよいのにのぉ」

なぜか、虎之助にはその表情が醜悪なものに見えて、目をそらす。

＊

江北《こうほく》の山々の上から、羽柴秀吉一行は下界を見下ろしていた。挙兵時に雪化粧をしていた山嶺は、新緑を吹き上げんとしている。北国街道《ほっこくかいどう》が貫くように南北に走り、峰の隙間から余呉《よご》湖や海のようにのっぺりとした琵琶《びわ》湖《こ》の一部が覗いている。目を北国街道に沿って北へとやると、途中で木柵が道を塞《ふさ》ぎ、その両側の山々に戦旗がひしめいていた。

柴田勝家の軍――約三万である。

春になり、とうとう北陸の柴田勝家が動いたのだ。一方の秀吉らは、織田信孝を降伏させ人質をとり、伊勢の滝川一益《かずます》と戦っていたところだった。抑えの兵を残し、秀吉が率いる大軍は江北へと急ぐ。そして先日、柴田軍と同じように、街道を塞ぐように布陣を完了した。

羽柴軍は第一陣から第三陣まで、三つの層を織りなすように柴田軍と対峙している。

最前線の第一陣には、左翼に柴田伊賀守家中の山路将監、そして北国街道を挟んで右翼に堀秀政《ほりひでまさ》。ちなみに、柴田伊賀守は病床にあり、長浜で療養している。

余呉湖を左側に挟んで第二陣。左から桑山修理《くわやましゅり》、中川瀬兵衛《なかがわせへえ》、高山右近らの諸将が壁をつくるように配され、その奥の第三陣に羽柴秀吉とその弟の秀長《ひでなが》が率いる本軍があった。

「柴田め、やっと北陸から出てきたと思ったら、野戦に出る気配がないのう」

軍配を大儀そうに肩に打ちつけて、秀吉がぼやく。背後には、虎之助ら若い侍たちが十数人いるだけだ。羽柴軍の陣ははるか南にある。わずかな供回りで、敵の様子を見にきたのだ。万軍の総大将というより、物見を命じられた足軽大将の風情《ふぜい》だ。

虎之助の仲間の何人かが、鼻を空へ突きつけて犬のようにひくつかせている。確かに、大きな戦が起こりそうな匂いはしない。しばらく、両軍は静観するようだ。

「なんじゃ、その不満気な顔は」

秀吉が、軍配を突きつけた。

「若造の目にはわからぬかもしれんが、柴田方とは駆け引きという名の合戦をしているのじゃ。おい、佐吉《さきち》、あれを見せてやれ」

呼ばれた小姓のひとり――石田《いしだ》佐吉が背負う行李《こうり》をおろし、書状の束を取り出した。

「柴田めが、内通を促す書状をばらまいている。お前らの耳にも入っていよう」

秀吉が忌々《いまいま》しげに言う。

「これは、ほんの一部ではございますが」

石田佐吉が、虎之助たちに書状を手渡す。

「うは、長浜城に火をつければ、知行四千石だってよ」

福島市松が奇声を上げた。

「対陣する羽柴方の砦を焼けば、五千石だ」

加藤孫六が嘆息をついた。

「長浜城を乗っ取れば、七千石を永代扶持《えいたいふち》」

大塩が、体型だけでなく目も丸くしている。

虎之助含め、ほとんどが千石にはるかに満たぬ知行しかもらっていない。

「このような書状が、滞陣する木之本《きのもと》だけでなく長浜にもばらまかれています」

佐吉の言葉に、秀吉が唇を捻じ曲げる。謀略の矛先は、寝返った柴田伊賀守配下の部将たちだ。

「柴田伊賀守様が病床の長浜衆には、つらい揺さぶりだな」

加藤孫六が腕を組んだ。

「そういや、第一陣の山路殿の砦に、怪しい人影がしきりに行き来しているらしいな」

福島市松の声は小さかったが、全員の耳朶《じだ》を不穏《ふおん》に撫でた。

秀吉は物見に飽きたのか、少し離れたところで石田佐吉と帳面を覗き込んでいる。きっと兵糧や軍資金の算段をしているのだろう。

「俺は丸岡《まるおか》十二万石と引き換えに、山路殿が返《かえ》り忠《ちゅう》の起請文《きしょうもん》に血判したと聞いたぞ」

平野が秀吉らに聞こえぬように囁いた。さすがに聞き捨てならない。

「迂闊《うかつ》なことを口にするな。こちらを揺さぶる柴田方の流説に決まっておろう」

だが、虎之助の言葉に皆は不満気だ。

「そうは言うが、山路殿は柴田伊賀守様が降る時に、一番強く反対したそうじゃないか」

達磨のような体をした大塩の言葉に、虎之助は反論できない。

「もともと、山路殿は伊勢の神戸家の家老だ。こたびも、利につられてもおかしくない」

「三七様の与力から伊賀守様の与力に移ったのも、利のためだろう」

噂話は止まらない。

「よせ、山路殿は人質として老母と妻を差し出した。それが何よりの忠誠の証だ」

怒鳴りつけるが、男たちの顔には疑心がありありと浮かんでいた。

＊

「くそう、忌々しい」

馬上で秀吉が罵声を上げる。左手には握り飯を摑み、右手には近習《きんじゅ》からもたらされた書状を持っている。小姓に馬をひかせ、南へ向かっていた。その一団の中に、虎之助はいる。

江北での対陣は、時折柴田軍が野次や罵声を浴びせかけるだけで、大きな衝突はない。

逆に、伊勢の滝川一益との戦いで、不穏な空気が流れていた。秀吉は伊勢の戦場に睨みをきかすため、一旦長浜へ戻るのだ。その間、江北の戦場は弟の羽柴秀長が采配する。虎之助らも秀吉について、久々に長浜城へと帰還しようとしていた。

「柴田修理め、かき回すだけかき回しおってからに」

握り飯にかぶりつきつつ、秀吉は悪態を垂れ流す。実は長浜帰還には、理由がもうひとつある。長浜城で柴田伊賀守の家臣が裏切るという噂が流れていたからだ。人質たちが脱出を企てているとも耳にした。十のうち九は雑説だが、対応しなければ陣中の士気に関わる。

「まずは、人質に怪しい動きがないかを見極めるのが先決かと。誰かを先行させましょう」

そう言ったのは、小姓の石田佐吉だった。

「確かに、な。雑事は先に潰しておくべきだろう」

秀吉は手にしていた握り飯を口の中に放り込んだ。くちゃくちゃと音をたてて嚙む。

「さて、誰を人質のところに先行させるか」

嫌な予感がした。

「虎之助、大塩」

思わず顔が歪みそうになったが、大塩に続いて黙って馬を寄せる。

「お主らは先に長浜へ行け。そして、客人たちのご機嫌伺いをしてこい。女子どもに何ができるわけではないだろうが、そうでもせねば味方の疑心を抑えきれん」

米粒のついた指をねぶりつつ秀吉は続ける。

「三七殿の人質は、大塩が見張れ。長浜衆は、虎之助じゃ」

山路将監の妻、千のいる屋敷には棒を持った足軽たちが番をしていた。屋敷を守るためではない。人質の逃亡を阻むためだ。虎之助は目礼だけをして門を抜ける。夕日が屋敷の中を橙色《だいだい》に染めていた。太陽の温もりを含んだぬれ縁を歩きつつ考える。千は一体、どんな暮らしをしているだろうか。尾張中村の一本松で誓いをたてて以来、言葉は交わらせていない。人質となった姿を、皮肉にも目にした程度だ。いまだ己は、万石の侍大将に程遠い。もっとも、大名になったとて、もう妻に迎えいれることはできぬが。

ぬれ縁の先の障子《しょうじ》が開いていた。萌黄《もえぎ》色の小袖に身を包んだ若い女性がいる。切れ長の目をつむり、長い首をあらわにするように顎を上げている。

虎之助の胸が柔らかく跳ねた。

千だ。

何をしているのだろう。祈るかのような所作だ。さらに近づくと、柔らかかった鼓動が硬質なものに変わる。千は両手を前に突き出して、何かを握っていた。首の傷へと吸い込ませるように近づけている。細い指に包まれているのは——

短刀の柄ではないか。

「千っ」

叫ぶより早く、ぬれ縁を蹴る。千の手が動く。組討《くみうち》を挑むように、虎之助は飛びかかった。千の手首を握る。奪いとろうとしたが、抵抗された。力まかせに押し倒す。

気づけば、柔らかいものを下に組み敷いていた。虎之助の胸の下に、千の顔がある。

「と、虎之助か」

目を見開いて、呆けたような声で名を呼ばれた。千が懐にしまっていたものだろうか、懐紙が床に散らばっている。桜の花弁を押した美濃紙のようだ。

「千、お主、何をしようとした」

胸の下の幼馴染《おさななじみ》を詰《なじ》った時、視界の隅に短刀の柄が見えた。視線を這わすと、木製の鍔《つば》があり、その先には白刃――はない。木で造られた刀身があるだけだ。

熱い鍋を触ったかのように、床についていた手を離す。

千がゆっくりと上体を起こし、乱れた襟元を整えた。

「虎之助は勘違いしています。私は稽古をしていただけです」

「稽古」と、間抜けにも復唱してしまった。

「虎之助も武人なれば、わかりましょう。いつ身を処すことになっても、見苦しくないよう心がけておくのが、我が父の教えです」

死ぬ覚悟があれば、勇ましく自死できるわけではない。自裁のための鍛錬を怠れば、覚悟も鈍るし、しくじれば恥を背負って生きねばならない。虎之助や千が学ぶ塚原小才治の門下では、切腹や介錯《かいしゃく》の稽古は常に欠かさないという定めがあった。それは女人も同様だ。

「す、すまぬ。つい、勘違いしてしまって」

差し出されたのは桜の花弁を押した懐紙だった。気づけば、脂汗が流れている。慌てて受け取り、額や首筋を拭う。

「二度目ですね」

「え」と、訊き返す。千は指を喉元の傷へとやった。

「虎之助に助けてもらうのは、これが二度目ですね」

そう言って、千は笑う。

唇は微笑んでいたが、目は泣くかのように潤んでいた。

＊

長浜から戻った戦場は、相変わらず静観の空気が濃く漂っていた。虎之助らにできることは、槍の穂先と体を鈍らせないことだけだ。

えい、おう、と気合いの声と汗を撒《ま》き散らし、敵のいない虚空へ槍を何十回何百回と突く。くすぶる闘志を持て余す若い武者たちが、異様な気を発していた。

皆の動きがぴたりと止まる。

耳を澄ました。戦太鼓《いくさだいこ》の音が聞こえてくる。

北からだ。

「柴田軍が動いたぞ」と、足軽の声がした。素早く目をやると、皆の表情に喜色が溢れている。陣幕を撥ね上げ駆け出す。目指すは物見櫓《ものみやぐら》だ。登れば、敵の動きがわかる。しかし、すぐに足が緩む。何人かが宙に鼻を向け、空気を嗅いでいた。

「見るまでもねえ。こりゃ、化粧戦《けしょういくさ》だ」

化粧戦とは、ぎりぎり矢弾が届く間合いでの合戦のことだ。本気で陣を落とす気などない。

「鬼柴田ともあろう人が、小賢《こざか》しい真似を。ゆさぶりをかけてるつもりか」

足を止め、加藤孫六が吐き捨てた。

「どんな具合だ」と、上にいる足軽に声をかける。

「遠くから矢を射かけるだけですね。鉄砲も射ってますが、空砲のようです」

さもありなんと、全員が頷いた。とはいえ、ここまで来たのだ。登って戦の様子を秀吉に伝えるのも役目だ。虎之助は梯子《はしご》を伝い、物見櫓の最上部へ至る。

陣から打って出た敵兵は多いが、届くか届かないかの間合いで矢を放つだけだ。勇ましい太鼓と空砲が、ひどく場違いに聞こえる。

だが、それに応じる羽柴軍の様子がおかしい。旗指物が不穏に揺れている。

「ありゃ、随分と味方が浮足だってやがる」

足軽が呑気な声を出した。

柴田軍は羽柴軍の第一陣である山路将監、堀秀政の陣に撫でるように矢を射かけている。それに対する味方の動きが奇妙だ。柴田軍よりも、左右の友軍の動きを警戒している。いくつかの部隊は露骨に、敵のいる前ではなく味方のいる左右に兵を集めていた。それらは、皆、山路将監や長浜衆の陣に向いていた。

長浜衆が裏切るのでは、と皆が警戒しているのだ。柴田軍のゆさぶりが、予想以上に羽柴軍を蝕《むしば》んでいる。梯子に手をかけて、急いで地面へと降りた。

「どうだった」

興味なさげに聞く朋輩をかき分け、虎之助は秀吉のいる陣幕へと急いだ。

＊

久々に会った山路将監の頬はやつれ、口髭には白いものが多く混じっていた。一礼して、虎之助は前へと進みでる。

「虎之助殿、久しいな」

笑うと皺《しわ》が深くなり、心労が浮かび上がるかのようだ。

虎之助は今、山路将監のいる神明山《しんめいやま》の砦に、秀吉の使者として来ていた。後ろについてきているのは、小姓の石田佐吉だ。副使として、虎之助を補佐する。

「そういえば、先日、千と会ったらしいな」

腕の下に組み敷いてしまった千の姿を思い出し、口の中に苦い汁が満ちた。

「ええ、お元気そうでした」

虎之助の重い口調に山路は怪訝《けげん》そうな顔をしたが、それ以上言い募ることはなかった。

「それで、こたびは何用で参られた」

必要以上に威儀を正したのは、山路にとって良い報せではないからだ。

「はい、こちらの神明山砦に、木村隼人《きむらはやと》殿が入ることが決まりました」

山路が目を見開いた。木村隼人は、秀吉の近習のひとりである。

「山路殿は隣の堂木山《どうぎやま》砦に移ってもらい、以後はそこの守将である木下殿の下知に従ってもらいます」

「それは……第一陣の左翼を我ら長浜衆には任せられんという意味か」

武士としてこれほどの屈辱はない。山路の顔が朱色に染まる。

「柴田方の流布する風説ははなはだしく、このままでは捨ておけぬというのが、筑前様のお考えです」

山路を信用していないという、秀吉の意思表示だ。膝の上の山路の拳が震え出す。

「儂は、長浜に人質を置いている。それでも、信に足らぬと言うのか」

「筑前様は、長浜衆の皆様を寸毫《すんごう》も疑っておりませぬ」

言ったのは、石田佐吉だった。なぜか、虎之助の胸がざわつく。石田佐吉の弁は、理路整然としすぎておりどこか突き放すかのようにも聞こえたからだ。

「ただ、山路殿は神戸家、織田家、柴田家、そして羽柴家と主を頻繁に変えられています。そのご経歴ゆえに、周囲の疑念を完全に拭うのは難しいのです」

正論を言い終わらぬうちに、床几が倒れた。山路が目を血走《ちば》しらせ、仁王立《におうだ》ちしている。

「き、貴様ごとき若輩者《じゃくはいもの》に何がわかる。儂を二心者《じしんもの》と愚弄するつもりか」

詰め寄ろうとした山路に、虎之助が慌てて割ってはいった。

「佐吉、控えろ。無礼であろう」

虎之助の叱責に、石田佐吉は不満そうな表情を見せた。だが、すぐに頭を下げたのは、この場では石田佐吉が副使だということに気づいたのだろう。石田佐吉を退室させ、まだ息を荒らげる山路を床几に座らせる。

「誰もわかっておらん」

山路が自身の膝を殴りつけた。

「儂は、すすんで主を裏切ったことなど一度もない」

神戸家が信孝に乗っ取られた時も、山路は頑強に抵抗した。隠居した神戸家の前当主の要請により、あえて織田家の傀儡《かいらい》となった神戸家に尽くしたのだ。清洲会議の後に、柴田伊賀守の家老に転籍したのも、信孝の命令だ。その柴田伊賀守が降伏したことにより、秀吉の軍門に降らざるを得なくなった。山路自身が節を曲げたことは一度たりともない。

「にもかかわらず、儂のことを裏切者扱いしおる」

「山路殿」と、声をかけた。

「茶会を開いてはいかがか」

山路がゆっくりと顔を上げた。

「陣中の和が乱れるのは由々しきことです。このまま捨てておけば、柴田方につけこまれます。木村殿や木下殿ら第一陣の侍大将を茶会に招いて、胸襟《きょうきん》を開いてはいかがか」

思いつきの策だったが、山路は俯《うつむ》いて考えこんだ。

＊

茶席は大地に毛氈《もうせん》をしいただけのもので、陣幕を張り巡らせて壁をつくっていた。野点傘《のだてがさ》の下では、茶釜が湯気を上げている。

虎之助は、山路とふたりきりで待っていた。

「それは」と、虎之助が尋ねる。山路の手には、桜の花弁を押した懐紙があったからだ。

「ああ、岐阜城下の職人に頼んで、桜を特別に押して誂《あつら》えたのだ」

「長浜で、千殿に会った時も同じものを持っていました」

「千には苦労をかけるゆえな。このぐらいしかしてやれぬ」

山路は寂しげに笑った。山路への疑心ゆえに、人質暮らしをする千にも辛いことが多いのは容易に察することができる。

「そういえば、虎之助殿は千と将来を誓いあう仲だったらしいな」

突然の問いかけに、虎之助は思わず姿勢を崩しかけた。

「驚かせてしまったようだな。実は、千から聞いていたのだ。確か、長浜に移った日のことだったかな。隠し事はしたくない、と千が言ってな。万石の侍大将になって迎えに来る、か。若いというのは、いいものだな」

なぜか、冷や汗が脇の下を流れる。耳も熱い。

「どうじゃ、万石の侍大将になれそうか」

俯いて、虎之助は己の手を見た。

「わかりません。桶狭間《おけはざま》や姉川《あねがわ》のような合戦が、そうそうあるとは思えません」

「大きな合戦があれば、万石の手柄を立てられると言いたげだな」

虎之助は否定しなかった。

「ですが、もうかつての時代とは違います」

弱音《よわね》のようなことを吐く自分が恨めしい。

「こういう場を設けてくれた恩返しだ。ひとつ助言しよう。虎之助殿、城のことを学ばれよ」

「城ですか」

「そうだ。どんな戦でも、城や砦の攻防は必須だ。また、戦がなくても、城造りは治世の役に立つ」

左の二の腕を虎之助は掴む。邁進《まいしん》した道から外れろ、と言われているような気がした。

「そんな顔をするな。万石の侍大将が城に疎いというのもおかしいだろう」

そう言われれば、頷くしかない。

「例えば、だ。こたびの味方の陣に弱点を見つけられるか」

虎之助の眉が跳ねた。

「砦に弱点があるのですか」

「例えばの話だ。儂が言いたいのは、そういう目で砦や城を見ろということよ。そうすれば、守将の工夫がわかってくる」

確かに、今までそういう目で城や砦を見たことがなかった。顎に手をやり考えこむ。布陣する砦の縄張りを思い出そうとするが、半分以上は靄《もや》がかかったかのようだった。

「まあ、すぐには無理だろう。ただ、さっきの言葉を心のどこかに覚えておいてくれれば、年寄りは嬉しい」

目を細め、山路は笑った。

「しかし、木村殿も木下殿も遅いのお」

山路が両腕を上げて伸びをする。もう約束の刻限は過ぎていた。だが、誰もこない。

湯気を上げていた茶釜が完全に冷める頃、陣幕の端が控え目に上がった。小具足姿の小姓の顔が見えた。

「おお、やっと来たか。木村殿か、それとも木下殿か。早くお通ししろ」

立ち上がろうとした山路の体が固まる。小姓の顔が暗く重いものだったからだ。

「お客人が来たのではないのか」

山路が恐る恐る尋ねる。

「はい、木村様、木下様から使いがありました。急病のために、茶会は欠席する、と」

「欠席……ふたりともか」

寸瞬だけ躊躇してから、小姓は頷いた。

しばし、沈黙が流れた。

山路が絞り出すように口を開く。

「裏切者の茶は飲めんということか」

小姓の両肩が跳ね上がるほどの怒声だった。

「木村殿、木下殿には事情があると、先ほど小姓が言ったではないですか」

虎之助が立ち上がろうとした。

「では、ふたりして同時に病に倒れたのか」

唾《つば》を飛ばし、山路が怒鳴る。

虎之助は反論できない。

「この山路将監をなめるな」

茶入れを摑み、毛氈の上に叩きつけた。蓋《ふた》が飛び、抹茶が飛び散る。

「山路殿、お静かに。みだりに騒げば、いらぬ疑いをかけられますぞ」

虎之助を振りほどこうとした山路の動きが止まった。

戦太鼓が鳴り響いている。

山路と虎之助は陣幕を撥ね上げた。首を巡らすと、木々の間から柴田軍が街道に押し出す様子が見えた。遠間から太鼓の音と挑発の罵声を、羽柴陣へと浴びせている。

矢弾は射かけてこない。化粧戦にも満たぬ、つまらぬ挑発だ。

だが、何も対応しない訳にはいかない。すでに山路は、指示を飛ばしつつ陣の中へと走っていた。

無論、虎之助も本陣に戻らねばならない。

駆け戻った本陣はものものしい空気に包まれていた。木霊に乗って、柴田軍の声が届く。

「おい、聞いたか。とうとう山路殿が裏切ったらしい」

「知らいでか。茶会に木村様を呼び、暗殺しようとしたのだろう」

耳に届いた兵卒たちの声に、慌てて足を止めた。

「今、木村様がその件で筑前様に注進しているらしい」

虎之助の顔から血の気がひく。虚報もはなはだしい。

秀吉のいる陣幕は、旗本や近習たちで厚く囲まれていた。

「虎之助だ。通せ、筑前様にお話がある」

「なりませぬ」と、阻んだのは石田佐吉だった。

「筑前様は今、木村殿と面会中です。余人を交えられぬ大事な用件です」

「それは、山路殿が茶会にことよせて木村殿を暗殺しようとしたことか」

石田佐吉の眉宇が硬くなった。

「それは偽りだ。俺はつい先ほど、山路殿の茶会にいた。暗殺などという謀《はかりごと》はない。すぐに筑前様に会わせろ」

だが、石田佐吉の顔色は変わらない。

「その剣幕のままお会いすれば、あらぬ噂がたちます。まず私めが面会し、先ほどの件を伝えます。それが順序のはず」

そう言われれば、従うしかない。陣幕をくぐる石田佐吉の背中を見送る。やがて、また石田佐吉が現れた。

「山路殿の件、あいわかったと筑前様は仰せです」

「本当か。頼む、一言、俺からも筑前様に申し添えさせてくれ」

石田佐吉は首を横に振った。

「ご無用です。それよりも、今は混乱する陣をまとめるのが先決。特に第二陣の乱れがゆゆしきことになっております。虎之助殿は福島殿らと手分けして、各陣を至急検分するようにと筑前様のご命令です」

「しかし……」

「ここで、虎之助殿が無理を押して謁見《えっけん》すれば、それがあらぬ噂となって敵方に利されるかもしれぬのですぞ」

虎之助は返答に詰まる。しばし逡巡《しゅんじゅん》した後に、「わかった」と声を絞り出した。

各砦を手分けして回り、士気の緩みや陣地の不備を正しているうちに陽が落ちてきた。まだ第二陣の督促が終わらない。

突然だった。夜の闇が薄れ、虎之助の影が地面にくっきりと現れたのだ。背後が明るくなっている。慌てて首を捻ると、第一陣の一部が赤々と燃えていた。

あれは――

山路将監の守る堂木山砦だ。

「なんだ、何が起こった」

「柴田勢が攻めてきたのか」

第二陣の砦が、たちまち騒然となる。馬蹄の音が響いた。徐々に近づいてくる。

「伝令」という絶叫も聞こえた。秀吉の本陣へ向かう使者だ。

「筑前様の旗本の加藤虎之助だ。何があった」

浮かび上がった騎馬武者に声をかける。

「山路殿、ご謀反。砦を焼いて、柴田の陣へ走った」

言葉と虎之助を置き去りにするように、伝令の兵は駆けていく。

＊

堂木山を燃やす炎がやっと下火になった頃、虎之助は秀吉の陣へと帰りついた。陣幕の前には、奉行衆《ぶぎょうしゅう》が頭を寄せ合っている。

「ご奉行衆、なぜ山路殿は裏切ったのだ」

声は落としたが、険が籠《こも》るのを止められない。

「どうやら、山路は申し開きができぬと見て、敵方に走ったようだ。被害が砦だけというのは、もっけの幸いよ」

「申し開きです、と」

「そうよ。木村殿暗殺の件の糾問《きゅうもん》の使者を向けたのよ」

そんなことをすれば、山路はますます追い詰められるではないか。

「俺は山路殿の茶会に同席していました。裏切るはずがない。そう伝えたはずです」

奉行衆が目を見合わせた。その所作から、石田佐吉に託した伝言が伝わっていないと確信した。

「虎之助殿」と、呼ばれた。見ると、石田佐吉が陣幕の陰から顔を出していた。「こちらへ」と物陰へと手招きしている。

「おのれ」と、駆け寄った。

「貴様、どういうことだ。なぜ、俺の言葉を伝えなかった」

「膠着《こうちゃく》を動かすための策です。山路殿が裏切れば、柴田も動かざるをえないでしょう」

石田佐吉は平然と言ってのける。

「まさか、膠着を打開するためだけに、山路殿に罪を着せたのか」

「柴田軍を動かすには、生半可な策では叶いませぬゆえな」

「ふざけるな」

石田佐吉の襟を乱暴に摑んだ。だが、秀吉の秘蔵っ子は泰然としている。

「それに、最後は山路殿自身がご決断し裏切ったのです」

「決断ではない。貴様らが、裏切るように仕向けたのだろう」

「ちがいます。糾問の使者を出しても、山路殿は潔白を主張しました。信じられぬなら、首を差し出すとも。それが変わったのは、三七殿ご謀反の偽報を耳に入れてからです」

ぶるりと、襟を摑む虎之助の両腕が震えた。織田信孝は今も名目上は神戸家の当主だ。山路が織田についているのは、隠居させられた神戸家前当主の命令だ。たとえ織田の血をひく当主でも、神戸の名を冠している以上は忠誠を尽くせと言われた。その神戸家の現当主の織田信孝が、柴田についたと流言を吹き込まれた。

怒りのあまり、虎之助のこめかみの皮膚が激しく蠢《うごめ》く。呼吸もできかねるほど苦しい。

「汚い策を弄しおって。貴様に武士の誇りはないのか」

拳を振り上げた。

「全て筑前様のご指示。私は従ったまでです」

打擲《ちょうちゃく》の寸前で拳が止まった。耳を打った言葉が、虎之助の体を戒《いまし》めたのだ。

「嘘だ。戯言《ざれごと》だ」

石田佐吉が失笑を漏らす。

「ならば、なぜ拳を止められた。本当に戯言だと思っているなら、躊躇せずに顎を殴りつけたはずだ」

石田佐吉の言葉を、虎之助は否定できない。長浜城が降伏した時の、秀吉の表情が蘇る。並んだ人質を、まるで商品を検《あらた》めるかのような目つきで見ていた。

＊

雨が降っていた。その中を、虎之助は走る。草鞋《わらじ》は泥に塗《まみ》れ、脛《すね》はおろか膝の上にある草摺《くさず》りさえも汚している。異様なのは、騎馬武者の中でひとり虎之助だけが徒士《かち》なことだ。

「畜生、俺たちは馬借《ばしゃく》じゃねえぞ」

「戦がはじまってから、走ってばっかじゃねえか」

鞍《くら》の上で、福島市松と加藤孫六が怒鳴る。

雨が滴る空気には、今や鼻をひくつかせなくとも大合戦の匂いがしている。

山路将監の裏切りは、予想通り戦局を動かした。ただし江北の柴田軍ではなく、美濃岐阜城の織田信孝を、だ。山路の裏切りを好機と見て、叛旗《はんき》を翻《ひるがえ》したのだ。

秀吉は急遽《きゆうきよ》、軍を岐阜城へ向けたが、雨のために途中の川が増水しそれ以上の進軍を阻まれた。そんな時にもたらされたのが、江北の戦場で柴田勝家の将、佐久間玄蕃《さくまげんば》が、羽柴軍の陣を強襲したとの報せだった。今までの化粧戦ではない。砦の守将のひとり中川瀬兵衛が戦死するほどの苛烈な攻めだった。

聞けば、先鋒となったのは山路将監だという。難攻不落と思われた第二陣の砦を、火攻めで瞬《また》く間に陥落させた。さらに噂は、山路将監が砦の弱点を柴田軍に教えたために、勝家が強攻を決断したとも伝えている。

ここにおいて、秀吉は軍を再び江北へ返す。雨がしのつく中での大転進となった。馬蹄が撥ね上げる泥雫が、虎之助の頬を打つ。横を見ると、達磨のような体型の騎馬武者が馬を寄せようとしていた。

「馬もないのに無理するな」と、大塩が怒鳴る。

虎之助は、運悪く連れてきた馬二頭が病に倒れて動けない。仕方なく、己の足で走っている。行軍の先頭は秀吉の旗本勢で、虎之助以外は全員が騎馬である。

「心配するなら、替え馬をよこせ」

大塩の丸顔が歪んだ。貴重な替え馬を譲って、万が一手柄を取る機を逃せば、後悔してもしきれないのだ。

「親切で申しておる儂に、馬を寄越せだと。そんな疲れた体で戦の役にたつか。大人しく、徒士の列に下がれ」

「余計なお世話だ」

冷たく突き放すが、なぜか大塩は馬を遠くへやらない。

「もしや、山路殿のご家族のことを気に病んでいるのか」

雨で煙る視界が激しく歪んだ。裏切りの代償として、山路将監の老母と妻の千は磔《はりつけ》にされた。噂では、足軽たちが長浜の屋敷を囲った時、千は喉をついて自害しており、骸を江北の戦場まで運んで柴田軍の目の前で磔にしたという。

「儂も、最後に見た三七殿の妻子の姿が目に焼きついている。だが、これも戦国の習い。感傷に溺れるな」

処刑されたのは、山路の家族だけではない。織田信孝の妻子もそうだ。

千の死を惜しむあまり、自分を責めるかのような行軍を課しているわけではない。裏切者の家族が処刑されるのは、当たり前だ。山路も覚悟の上だろう。無論、千もだ。

ぐらりと大地が傾《かし》ぐ。前に出そうとした右足で、左足を蹴ってしまったのだ。泥濘《ぬかるみ》の中に盛大に突っ込む。その横を騎馬武者が容赦なく駆けていく。いつのまにか、雨は小ぶりになっていた。

大塩の言う通りだ。旗本の後ろに、かなり離れて徒士の兵が続いている。彼らと一緒に行けばいいだけだ。

だが――

歯を食い縛ると、がりっと音がした。小石でも噛んだか、それとも奥歯が砕けたのか。

泥まみれの体を持ち上げた。馬体に揉まれるようにして、虎之助は駆ける。

*

江北の戦場は、その様相を大きく変えていた。三本の線を引くようにしてあった羽柴軍の砦群は、その真ん中の線――第二陣をずたずたにされていた。みっつある砦のうちふたつが落ち、残る賤ヶ岳砦が完全に孤立していた。

中入りと呼ばれる第二陣への強襲を敢行したのは、佐久間玄蕃と柴田三左衛門《さんざえもん》。援護するように、前田利家の軍も突出していた。

余呉湖を囲むように、敵味方が入り乱れている。まず余呉湖の北西岸に柴田方の前田利家、その隣の南西の岸に柴田三左衛門、南に孤立する羽柴方の賤ヶ岳砦、東岸にふたつの砦を落とした佐久間玄蕃、北には賤ヶ岳砦と同様に孤立する羽柴方の砦がある。

そこに秀吉が帰着した。

余呉湖は、さながら南蛮時計《なんばんどけい》のようだった。敵味方が、時を刻む針のように激しく動き出す。余呉湖の東岸にいた佐久間玄蕃は、南岸で孤立する賤ヶ岳砦の前をぐるりと通り撤退を開始した。賤ヶ岳砦を攻めんとしていた柴田三左衛門も、佐久間玄蕃の退路を確保しつつ西岸ぞいをゆっくり後退する。

秀吉も無論、座視していない。佐久間玄蕃に攻撃をしかけるが、戦上手《いくさじょうず》の敵にあしらわれる。そこで、秀吉は孤立が解けた賤ヶ岳砦へ入った。ゆるゆると後退する、柴田三左衛門へ手勢を差し向けたのだ。それに猛然と反応したのが、佐久間玄蕃だった。撤退を放棄し、気勢を上げて柴田三左衛門と合流しようとする。賤ヶ岳砦に入った秀吉の首をとる、千載一遇《せんざいいちぐう》の好機と考えたのだろう。

たちまちのうちに、激しい矢戦が始まった。

ちなみに東岸でも堀秀政や羽柴秀長が、柴田勝家の本隊と矢戦を開始していた。二匹の蛇が余呉湖を囲み、互いを食《は》みあうかのような激しい矢弾の応酬を繰り広げている。

どちらも一進一退だ。

空には雨雲の残滓《ざんし》が薄く棚引いていた。空は晴れつつあるが、大地はぬかるんでいる。戦場に漂う匂いが、刀槍を打ち合わせる合戦が近いことを教えてくれている。

虎之助は、不思議な心地だった。

求めてやまぬ槍をあわせる大合戦が近いというのに、不思議と気持ちは凪《な》いでいた。

湖風が吹き抜けた。

いつの頃からだろうか、鼻をつく争乱の匂いが変わってきた。油売りの斎藤道三《さいとうどうさん》の美濃の国盗《くにと》り、守護代家臣にすぎない織田信長の上洛、百姓秀吉の大出世、それらの快事を生んだ時代の匂いとは違う。あの頃は、槍一本、才覚ひとつで、乱世に巨大なうねりを生み、その流れに諸侯を巻き込めた。血や官位は関係ない。知恵と武芸で時代をつくれた。駒ではなく、棋士として乱世を戦っていけた。

が、きっとこれからはちがう。

合戦がないわけではない。柴田勝家を倒せば、紀州雑賀衆《きしゅうさいかしゅう》、四国長宗我部《しこくちょうそかべ》、九州《きゅうしゅう》島津《しまづ》、東海徳川《とうかいとくがわ》、関東北条《かんとうほうじょう》、奥州《おうしゅう》伊達《だて》と戦いが続くだろう。国内に敵が尽きれば、さらに外へ。

だが、虎之助らが時代をつくることはかなわない。ただ、大きな流れに溺れぬよう必死に泳ぐしかない。もし力尽きれば――

頭に浮かんだのは、口髭の武者と首に傷のある若い女性だった。決して信念を曲げなかったふたりの末路を考える。時代の流れの前には忠義や、個人の資質など取るに足らぬものだ。

手に持つ十文字の槍が、卑小なものに見えた。

この戦で功を上げ、万石の侍大将になれば、こんな諦観《ていかん》とも決別できるだろうか。

とても、そうは思えなかった。自分は今、駒にたとえれば歩《ふ》だ。手柄を上げれば、桂馬《けいま》や銀将《ぎんしょう》、飛車《ひしゃ》にはなれるかもしれない。だが、盤面を支配する棋士には一生なれない。

「どうした、らしくねえ。賢《さか》しげな顔をして」

背後から声をかけたのは、福島市松だった。

「待ちに待った合戦だろう。もっと猛《たけ》れよ」

唾液でぎらつく歯を見せて笑う福島市松に、愛想笑いを返す。

「虎之助よ、今まで何人殺した。いくつの村を焼いた」

福島市松の声には、かすかに殺気が籠っていた。

「武士をやめて頭を丸めれば、今までの業《ごう》から逃れられると思うなよ。もう儂らは、地獄行きは決まりの身ぞ」

福島市松の言葉が、骨身に沁みる。

「だが、幸いなことに儂らには念仏や数珠《じゅず》のかわりにこれがある」

福島市松は、持つ槍を虎之助の眼前にかざした。

「主君よりも、女房よりも、親兄弟よりもはるかに信に足る相棒だ。きっと地獄行きにも付き合ってくれる。戦場では、最高の伴侶に心身を預けるのみだ。違うか」

虎之助は手に持つ己の得物を見た。

「主君や武士の名誉のために戦え、などとは言わぬ。十文字の槍の持ち主として、恥ずかしくない振る舞いをしろ」

雲の隙間から陽光が降り注ぎ、虎之助の槍の穂先が輝いた。

「どうだ、ふっきれたか」

先ほどと違い、福島市松の声は優しげだった。振り向いて、朋輩を見る。思わず苦笑した。福島市松の持つ槍の穂先が、こちらの首を狙っていたからだ。

「ふっきれたと言わなかったら殺すつもりか」

「賢しげな臆病者は、敵よりも厄介ゆえな」

言いつつ、福島市松は槍を引いた。ということは、もう己の表情からは迷いが消えているということか。

ふと見ると、瓢簞の馬印の下に座っていた秀吉が立ち上がっている。口の両端を下品にずり上げて、醜悪に笑っていた。その表情から、とうとう決戦の時が来たのだと理解する。


「いけえ、総がかりじゃあ」

背後から聞こえる秀吉の声が煩《わずら》わしいと思った。虎之助ら若武者たちは賤ヶ岳砦を出撃し、坂を駆け下りていた。急な斜面は馬の足を折りかねないので、皆徒士だ。

「武功を稼げ。今が決戦の時ぞ」

秀吉の命令を引き剝がすように走る。

目の前の敵陣からは矢弾が飛来していた。ひとりふたりと味方が倒れ、転がる。何度か虎之助の具足をかするが、足は緩めない。ただ、槍が命ずるままに虎之助は駆ける。

壁をつくる槍衾《やりぶすま》がぐんぐんと近づいてきた。十文字槍を旋回させて、薙ぎ払う。わずかにできた隙間に、身をめりこませるようにして突き進む。

一条、二条と肌の上を熱が走る。斬られたのか――。だが無視する。きっと浅傷《あさで》だ。

槍を一旋させた。血飛沫《ちしぶき》が舞い、甲冑を濡らす。道をこじ開けると、眼をぎらつかせる兜武者が何十人もいる。視界の隅では、福島市松や加藤孫六らも、槍衾を突破していた。兜武者の向こうには、援軍の佐久間玄蕃の旗指物が急速に近づきつつある。

「怯むな。追い返せ」

「そうだ。筑前はすぐ目の前にいるぞ」

虎之助らの背後に屹立《きつりつ》する瓢箪の馬印を、敵も認めたのだろう。大将首を目前にして、瞳が野心でぎらついていた。

たちまちのうちに乱戦になる。

虎之助は槍に導かれるように戦った。雑兵《ぞうひょう》や足軽、兜武者と斬り結びつつ進む。

やがて、一騎打ちを演じるふたりの武者が見えた。ひとりは達磨のような体型をしており、あちこちから血を吹きこぼしている。

大塩金右衛門だ。

「山路ぃ」

大塩が敵の名を叫びつつ、槍を振り回した。相手の武者は笹穂槍で、難なく受け止める。反対側の石突《いしづき》を、大塩の体にめり込ませた。

朋輩の体が傾ぎ、敵の顔貌があらわになる。

山路将監だ。口髭は完全に灰色になり、兜の目庇《まびさし》の下の目は真っ赤に充血していた。

血を帯びた穂先を、山路は懐紙でゆっくりと拭う。

虎之助は近づいた。槍をしごくと山路も気づき、互いの視線が空中でぶつかる。

無言で、両者槍を構えた。

きっさきがゆらめき、まるで会話するかのようだった。

血で汚れた懐紙が、目の前を舞っている。

桜の花弁がちらりと見えたような気がした。

背を折り曲げるように、前屈みになる。後ろに引いていた右足裏が浮いた。左の踵《かかと》の腱が、極限まで伸びる。

和すように、互いに咆哮する。

急速に、間合いが近くなる。

槍を繰り出す距離になっても、足を止めない。大太刀の間合い、刀の間合いを通り過ぎる。脇差を抜く距離になった時、互いの槍が動いた。

一刺必殺の槍が、ふたりの喉へ吸い込まれる。

避けるなどという小賢しい真似をするつもりは、ふたりともなかった。

虎之助の手に衝撃が突き抜ける。

一瞬疾《はや》く、虎之助の槍が山路将監の喉を貫いていた。一方の山路の槍は横にそれ、虎之助の首の皮一枚だけを削っている。

槍を抜くと、山路の体がゆっくりと傾いだ。笹穂槍が転がり、めりこむようにして背を大地につける。山路は何事かを言わんとしている。灰色の口髭の下の唇がわなわなと震え、開き閉じを繰り返す。が、喉仏を刺し貫かれたために、声に変じることはなかった。

ただ、その唇は誰かに謝っているかのように、虎之助には感じられた。

首にかけていたものを甲冑の下から引きずり出す。膝をついて、山路の手を取る。急速に温もりが喪《うしな》われようとしていた。冷たくなる掌に、胸から取り出したものを握らせる。

千にもらったお守りだ。首にかけていた紐で、山路の掌ときつく縛りつけた。

「首は取らぬのか」

後ろを向くと、血だらけの大塩が起き上がろうとしていた。

「首はくれてやる」

大塩が目を剝いた。

「勘違いするな。お前との一騎打ちで、山路殿は力尽きていた。半分以上、お前の手柄だ」

「恩には着ねえぞ」

大塩はよろよろと立ち上がる。

「だが、助かった」と、力なく零す。

「そう思うなら、山路殿の首供養を頼む。手厚く葬ってやってくれ」

「当たり前だ。これほどの兜武者の首だぞ。親の葬式よりも懇《ねんご》ろに弔《とむら》ってやるわ」

それだけ聞ければ十分だった。

背を向けて、一歩二歩と前へ進む。

「どこへ行く」

大塩の愚問に答えたのは、槍だった。十文字の穂先が前をさす。

「戦場だ」
槍が、虎之助の唇と舌を動かした。
生涯の伴侶を脇に抱え、地面を蹴る。踊るように揺れる敵の旗指物目掛けて走る。
咆哮すると、山路に切られた喉から血が迸《ほとばし》り、鎧の下の着衣を濡らした。
敵味方の骸が折り重なっていたが、進路は曲げなかった。飛び越えて、突き進む。
ただ、まっすぐ愚直に。
槍と共に戦場へ、虎之助が吸い込まれていく。

# 糟屋助右衛門の武功

蓑輪諒

一

炎の群れが、夜空をじりじりと焦がしていた。闇の中では無数の松明《たいまつ》が、星を撒《ま》いたかのように揺らめいている。

灯りの下では、鎧具足《よろいぐそく》に身を固めた一万を越える大軍勢がびっしりとひしめき合っていた。緊張とともに、息を殺すようにして開戦に備える兵たちは、見ようによっては出番を待つ能役者にも似ていた。

糟屋助右衛門《かすやすけえもん》は、その軍勢の中にいる。ただし、その所在は前衛から遥か後方、陣幕が三方に張り巡らされ、大篝火《おおかがりび》が焚《た》かれた本陣に座する総大将、羽柴秀吉《はしばひでよし》の床几《しょうぎ》周りであった。

「さて、敵はいつ動くかの」

握り飯を頬張りながら、秀吉は前方の闇を凝視している。猿や鼠に例えられる、お世辞にも整っているとは言い難い面貌《めんぼう》の中で、その両目だけは宝玉のように光を漲《みなぎ》らせている。

「おい、助右衛門」

自分と同年代の若い小姓《こしょう》が、ひそひそとささやいてきた。

「どうした、そのざまは。さては敵勢を前に腰が引けたか」

そう言われてから、助右衛門は自分の身体が、小刻みに震え出していることに気づいた。

「臆したのなら、とっとと失せろ。怯懦《きょうだ》が味方にまで飛び火しては迷惑じゃ」

「いや、そういうわけには……」

「ごちゃごちゃ抜かすな。お主の意見など聞いておらぬわ」

「市松《いちまつ》」

長身の青年が、朋輩をじろりと睨《にら》む。

「敵は、目と鼻の先におる。下らぬことで気を散らすな」

「わかっとるわい、虎之助《とらのすけ》」

市松と呼ばれた小姓は、面白くなさそうに鼻を鳴らした。

「当たり前のことを、いちいち偉そうに抜かすな。見ておれよ。この一戦で、我が武名を世に轟《とどろ》かせてやるわ」

そう言って、市松は上唇をぺろりと舐《な》めた。若くしてひどく酒好きなこの小姓が、盃《さかずき》を口に運ぶ前の癖だ。市松にとっては戦《いくさ》も酒宴も似たようなものであるらしい。

(武名、か)

助右衛門は、そんなものに興味はない。

己の名を知らしめたいと考えたことなどなかったし、たとえば功を挙げて一国一城の主になるといったような、大それた望みを抱いているわけでもない。

しかし、身体の震えは収まるどころかどんどん強くなる。それが武者震いであることに、助右衛門はようやく気がついた。

手の中にある槍《やり》の柄《え》を、強く握りこむ。欲も野心もない。それでも、己には武功が必要だった。

助右衛門は静かに瞼《まぶた》を閉じ、ここへ立つまでに辿《たど》ってきた、苦難の日々に思いを巡らせた。

二

糟屋助右衛門、諱《いみな》は武則《たけのり》。もともと、播磨加古川《はりまかこがわ》を治める小領主であった糟屋氏は、同国東部の有力大名である別所《べっしょ》家の傘下に属していた。

しかし、五年前――天正六（一五七八）年、別所家は天下一統を推し進める織田信《おだのぶ》長《なが》と対立し、播州平定の大将であった羽柴秀吉によって攻められることとなる。別所家に仕える糟屋氏もまた、進退の決断を迫られた。

「織田の勢いは、抗《こう》しがたし。いかに別所家が東播《とうばん》の雄《ゆう》とはいえ、とても太刀《たち》打ちできるものではない」

糟屋の当主であり、助右衛門の兄でもあった糟屋朝正《ともまさ》は、まだ十七歳の少年であった弟へ、そのように語った。

「しからば、兄上は織田方へ寝返るのでございますか」

「まあ、そう急《せ》くな。それより、ちと付き合え」

そう言って兄は、物見《ものみ》矢倉《やぐら》へと助右衛門を連れ出した。

加古川城とは、その名の通り、播磨でも五指に入る大河である加古川の岸に築かれた城だ。北は丹波《たんば》から源を発し、播磨を縦断して瀬戸内海へと注ぎ込むその流水は、古来より暴れ川として氾濫を恐れられてきた一方で、用水と水運によって人々の暮らしを支え続けてきた。

「おうおう、今日もぎょうさん、商人《あきんど》どもが荷を運んできよるわ」

眼下の川湊《かわみなと》では人々が蟻《あり》のように集って、がやがやと騒がしい。加古川河口の高砂《たかさご》湊《みなと》からは毎日、瀬戸内の海運によってもたらされた諸国の荷が上ってくる。行き交う舟や馬借《ばしやく》たちを眺めながら、ようやく兄は笑みを見せた。

「餓鬼《がき》の時分、あれらの荷がどこから来たのか、あれこれ考えるのが好きでのう」

白く光る川面《かわも》を眩《まぶ》しがるように、兄は目を細めた。

「いま思えば下らぬ話じゃが、毎日毎日、西国に東国、ときには明《みん》や南蛮《なんばん》からさえ荷が運び込まれる様を見ていると、まるでこの加古川の流れが、あらゆる国に注いでいるかのような気がしたものよ」

助右衛門にも、兄の気持ちがよく分かった。阿波《あわ》の材木、越後の苧麻《ちよま》、明国の緞子《どんす》……そうした舟入りの記録を追いかけるだけで、播磨の外にさえ出たことのない己の世界が、どこまでも大きく広がるかのように感じる。この荷は、どのような人から手渡され、いかなる道筋の末にここまで流れ着いたのか、想像するだけで胸が高鳴った。

「しかし、わしはもう、どこにも行けけん」

楽しげだった兄の顔から、笑みが消えた。眉間《みけん》には、深いしわが浮かび上がっている。

「わしの荷の流れは、別所様のお城が終着よ」

「………」

分かっていたことだ。織田方に寝返れば、糟屋の如《ごと》き小領主は織田勢が救援する暇もなく、別所家によってひねり潰《つぶ》されてしまうだろう。かといって、城を捨てて身一つで織田方へ逃げ込んだところで、そのような何も持たない木《こ》っ端《ぱ》武者の領地を、信長が安堵《あんど》してくれる保証はどこにもない。

糟屋は、別所家に与《くみ》するほかない。たとえ行き着く果てが断崖だとしても、ほかに選べる道など、初めからなかった。

「最後まで、お供致します」

「阿呆《あほう》」

言うなり、兄は助右衛門の頭を小突いた。

「わしとお主が共々討死して、糟屋の血筋も家名も絶えて、いったい誰の得になるのだ」

「では、私は……」

「お主の身柄は、官兵衛《かんべえ》殿が請け負って下さる」

黒田《くろだ》（小寺《こでら》）官兵衛は、糟屋氏にとっては親戚筋に当たる。

播州侍の中でも、いち早く織田方へ与したこの男は、外様《とざま》ながら智謀を買われ、秀吉の軍師になっているのだという。

「助よ、お主は生きろ。生きて、加古川の流れの先の景色を、来たるべき新たな時代を、わしの代わりに見届けてくれ」

「兄上……」

そう呼びかけるだけで、どうしようもなく喉《のど》が詰まった。少しでも気を緩めてしまえば、目の奥から涙があふれ出そうだったが、いま泣き出すわけにはいかない。助右衛門は必死で態度を取りつくろいながら、兄へと向き直った。

「どうかご武運を」

「ど阿呆」

兄はもう一度、助右衛門の頭を小突き、

「これから織田方へ逃げ込むお主が、わしの武運を祈ってどうする」

そう言って、声を立てて笑った。それが、最後に見た兄の顔だった。

それから二年に亘《わた》る抗戦の末、別所家は滅び、兄・朝正も戦死した。糟屋の家督は助右衛門が継承したが、兄が危惧《きぐ》した通り、本領である加古川が戻ってくることはなかった。

保護を請け負った黒田官兵衛は、この処遇に後ろめたさを感じたのだろう。せめ
て、身が少しでも立ちゆくようにと、助右衛門を秀吉の小姓へ推挙した。

しかし、ここもまた、助右衛門にとって安住の地ではなかった。

あるとき、小姓同士で夕餉《ゆうげ》を食していると、

「おい、新入り！」

と、朋輩の一人が、飯粒を飛ばすのも構わずわめいた。福島市松という、小姓衆の
中でも随一の荒くれ者である。

「なんじゃお主は、気取った食い方をしくさりおって。飯なんぞ、さっさとかき込ま
ぬか」

「いえ、私はただ……」

「ただも糞《くそ》もあるか、このたわけ」

野犬のように歯を剥《む》き、市松はなおも吼《ほ》える。

「武士は、常在戦場を心がけねばならぬ。いま、敵が襲って来ればどうする。出陣の
触れがあればどうする。その覚悟が常にあるのならば、お主のようにのろのろと、馬

鹿丁寧な食い方をするのはおかしいじゃろうが」

市松は、桶屋《おけや》のせがれの生まれだ。たまたま、母が秀吉の縁戚であったのを幸い、その伝手《つて》によって仕官したのだと、助右衛門は聞いている。

対して、糟屋家は小身とはいえ、鎌倉幕府御家人の末裔《まつえい》であり、数百年続いてきた代々の武家だった。当然ながら、成り上がりの市松などとは違い、行儀作法について厳しく仕込まれている。

（こいつは、それが気に食わぬだけだ）

と、すぐに分かったが、助右衛門は反論をするでもなく、

「申し訳ござらぬ。そこまで考えが至りませなんだ」

そう言って、深く頭を下げた。

こんな馬鹿には、言い訳をするだけ無駄だ。腹の底でそう嘲《あざけ》りながらも、表向きはあくまでも恭《うやうや》しく、恐れ入ったように謝意を示す。

それでも市松は苛立《いらだ》ちが収まらないのか、不快げに舌を打ち、

「まったく、これだからお主のような……」

「よせ、市松」

なにごとかを言いかけた朋輩を、加藤虎之助という長身の青年が制した。

「助右衛門にも、己なりの考えがあろう。お主がとやかく言うことではあるまい」

「む……」

そこで、市松は幾ばくか冷静さを取り戻したらしく、じろりとこちらを一睨みしたのち、黙って食事を再開した。

とりあえずは、助かった。

しかし、虎之助の言葉が決して厚意から出たものではないことを、助右衛門は敏感に察していた。周囲の小姓たちは互いに目くばせし、何事かをささやき合いながら、助右衛門のことをちらちらと盗み見てくる。

小姓らの考えていることも、市松の言葉の続きも、助右衛門は手に取るように分かった。

――これだから、寝返り者は性根《しょうね》が座らぬ。

彼らは、そう言いたいのだろう。

羽柴家の小姓たちの中で、唯一の播州人であり新参者の助右衛門は、ただでさえ周囲から浮きやすい。その上、主家であった別所家を裏切り、兄を見殺しにして生き存《なが》らえたとなれば、軽蔑は避けられない。

推挙人である黒田官兵衛への遠慮もあってか、「寝返り者」などと表立って罵《ののし》る者こそいなかったが、そうした配慮はかえって自身と朋輩たちとの隔たりを大きくするばかりだった。

まさしく針の筵《むしろ》だが、この場所にしがみつくしかない。兄との約束を、違えるわけにはいかないのだから。

周囲との和を乱さず、恨みを買わぬように細心の注意を払いながら、助右衛門は務めを果たし続けた。

そして、小姓として出仕してから、三年目。

突如として起こったある事件によって、助右衛門たちの属する羽柴家は、思わぬ命運を辿ることとなる。

天正十（一五八二）年、六月二日。

織田信長が、天下統一を目前に控えながら、重臣・明智《あけち》光秀《みつひで》の謀叛――「本能寺《ほんのうじ》の変《へん》」によって斃《たお》れたのである。

本能寺の変という、この凶事に対する秀吉の行動は迅速だった。羽柴軍は事件当時、京から遥かに離れた中国地方の前線にいたが、秀吉は変報を受けるやいなや、全軍を総反転させて駆け戻り、事件のわずか十一日後には光秀を攻め滅ぼしてしまった。

主君の仇討《あだう》ちを果たしたことにより、織田家中での発言力を強めた秀吉は、亡き信長の嫡孫《ちゃくそん》である三法師《さんぼうし》という幼童を新たな当主として担ぎ上げ、これを輔弼《ほひつ》するという名目で、織田政権の乗っ取りを画策した。

——信長様《うえ》が身罷《みまか》られたとき、織田の天下も滅んだのじゃ。

それが、秀吉の考えであっただろう。

野心や欲もあったに違いない。しかしそれ以上に、信長の遺産である政権を、力なき者が引き継いだところで乱世は治まらず、さらなる混沌を招くだけだという思いもあったのではないか。そしてそれは、かつて信長の麾下《きか》に属してきた武将たちの大半にとって、決して口には出せないものの、共通する認識に違いなかった。

だが、そんな秀吉の策動を、阻もうとする者がいた。

織田家の筆頭家老、柴田勝家《しばたかついえ》である。

卑賤から成り上がった秀吉と違い、織田家譜代の老臣であった勝家は、あくまでも織田の天下の存続を望んでいる。当然ながら彼らは対立し、互いに織田家の重臣や信長の遺児などを抱き込んで派閥を競い、暗闘を繰り広げた。

そして年が明けた、天正十一（一五八三）年。

ついに両名は兵を挙げ、戦場で相まみえることとなった。

「柴田方の将で、もっとも名高きは誰であろうの」

出陣の直前、小姓部屋で具足を着こみながら、市松が言った。柴田勝家は、自身が織田家随一の勇将として鳴らしてきただけに、その麾下にも彼好みの豪傑たちが多い。

「此度《こたび》の一戦、まさしく当家の正念場じゃ。小姓に過ぎぬ我らも、敵について知っておかねばなるまい。どうじゃお主ら、敵方で警戒すべきは誰だと思う」

「そりゃあ、前田《まえだ》殿であろう」

加《か》藤孫六《とうまごろく》という朋輩が、即座に答えた。

前田利家《としいえ》は信長の馬廻《うままわり》出身で、若きころより数え切れぬほどの武功を挙げてきた歴戦の古兵《ふるつわもの》である。新参の助右衛門ですら、その武名は聞き及んでいる。

ところが、それを聞いていた脇坂甚内《わきさかじんない》という小姓が、

「いやいや、前田殿ももう五十に手が届く。かつてのような武働きが、いつまでも出来るものではあるまい」

と、したり顔で言った。

「それよりも、いまは佐久間《さくま》殿こそ、柴田方第一の大将ではないか」

この男のいう佐久間とは、勝家の甥《おい》である佐久間玄蕃《げんば》（盛政）のことだ。若くして「鬼玄蕃」との異名を取る猛将で、勝家はその剛勇を愛し、自身の後継者に考えているとの噂さえあった。

「そうか。やはり、その二人か」市松はにやにやと薄笑いを浮かべている。「されば、そのいずれかの首を取った者こそ、第一の大手柄であろうな」

端で聞いていた助右衛門は呆れた。

敵味方に別れたとはいえ、柴田方の将兵も、もとは織田家の仲間ではないか。それを、首を取るだの手柄だのと、よく堂々と言えるものだ。

（……とはいえ）

振る舞いはともかく、心情は分からなくもない。

織田という、強大な存在が崩れた。その瓦礫《がれき》を踏み台に、秀吉は駆け上りつつある。

この一戦に勝利し、柴田勝家という守旧派の頭目を滅ぼせば、いよいよ天下の権は秀吉のもとへ転がり込んでくるだろう。そうなれば、小身の陪臣《またもの》に過ぎなかった小姓衆であっても、働き次第では、一国一城の主となることさえ夢ではない。

――この戦いで、きっと武功を。

そう考えているのは、なにも市松だけではあるまい。小姓たちはみな、口にこそ出さないが、多くは同様の思いを抱いていることだろう。

そんなときだった。

「面白い話をしておるのう」

小姓たちは、一斉に振り向いた。いつの間にか、そこに小柄な初老の男の姿があった。彼らの主君、羽柴秀吉である。

「これは、殿」

助右衛門たちは慌てて膝《ひざ》をつき、頭を下げたが、秀吉は陽に焼けて赤茶けた、農夫のような顔を笑みほころばせながら、

「ああ、よいよい。そうかしこまるな」

と言って、その場に腰を下ろした。

「市松よ、お主は小姓の分際で、槍合わせをするつもりか」

「は……」

この粗暴な青年であっても、主君に対しては遠慮があるらしい。市松は別人のように身を縮こまらせている。

「小姓までもが槍を手に戦うときなど、本陣間際まで敵がなだれ込んで来る、どうしようもない負け戦のときと相場は決まっておる。お主が望むのは、そのような戦況かえ」

「いえ、その……」

市松は返す言葉もなく、顔をうつむかせた。気まずい沈黙に支配された一座の中で、秀吉だけがただ一人、場違いなほどに明るく微笑《ほほえ》み続けている。

（どうも、つかみどころのないお方だ）

羽柴家に身を置いてから五年、小姓となってから三年を経たが、助右衛門は未だに、秀吉という主のことがよく分からない。当初は、大身でありながら偉《えら》ぶったところがなく、気さくで陽気な、仕えやすき大将のように思えた。しかし、どうもそれだけではないことが、徐々に分かってきた。

たとえば、播州の「三木城《みきじょう》攻め」。

織田に叛《そむ》いた別所家の本拠であり、助右衛門の兄・朝正も籠《こも》ったこの堅城に対し、秀吉は力攻めを避け、包囲による兵糧《ひょうろう》攻めを選択した。

方策自体は戦の定石《じょうせき》といってよかったが、秀吉の実施したそれは、あまりにも徹底されていた。この男は、三木城そのものにはほとんど手をつけず、代わりに、周囲の城や砦を片端から潰し、三木城へと兵糧を運びうるあらゆる行路を、一つ残らず封鎖したのである。

——三木の干殺し

と呼ばれるこの一分の隙《すき》もない兵糧攻めにより、城中は地獄のような飢渇《きかつ》に襲われた。別所家は松皮や雑草、土まで食べて飢えを凌《しの》ごうとしたが、餓死者が際限なく増え続ける中で、ついに耐え切れず降伏した。助右衛門の兄などは、そこまで戦況が逼《ひっ》迫《ぱく》する以前に討死したため、まだ幸運であったのかもしれない。

——殿が兵糧攻めを選ばれるのは、たとえ敵であっても、人命が無用に損なわれるのを厭《いと》われる慈悲ゆえだ。

などと古株の小姓らは言うのだが、新参の助右衛門はそうした見方を素直に受け入れることが出来なかった。もし、本当に慈悲ゆえならば、敵の尊厳を余すところなく剝ぎ取り、最期を飾りつけることさえ許さない、このような策を採るだろうか。

底抜けの陽気さと、度量の深さ。その裏に見え隠れする、寒気を覚えるほどの冷酷さ。どちらが秀吉の本性なのか、助右衛門には分からない。

「まあ、良いわさ」

秀吉はくすくすと笑いを漏らしながら、

「戦では、なにが起こるか分からぬのも事実じゃ。たとえ小姓であっても、功を望むは武士として当然のことよな。しかしながら、お主らは一つ、間違っておる」

「とは？」

助右衛門は思わず聞き返す。

「なに、簡単なことよ。最も名高き将とは、前田でも佐久間でもないというだけじゃ」

「えっ」

小姓たちは驚き、互いに顔を見合わせた。加藤虎之助が、一同の意見を代表するように問いかける。

「しからば、柴田方で一番の将とは、誰にございましょう」

「決まっておろう、拝郷《はいごう》よ」

「はいごう？」

虎之助は、首をひねった。助右衛門も、なにやら聞き覚えがあるような気はするのだが、すぐには思い出せなかった。

拝郷五左衛門《ござえもん》は、柴田軍の侍大将である。

秀吉が説くところによれば、織田家臣の家に生まれ、足軽数十名を率いる程度の身分に過ぎなかった拝郷は、勝家の麾下となってから次々と武功を挙げ、いまでは加賀《かが》大聖寺《だいしょうじ》の城主を任されているのだという。

「ここまでの成り上がりを果たした武辺者《ぶへんもの》は、柴田軍の中でもあやつしかおらん。その活躍が、どれほど大きかったか知れるというものよ」

「されど、その割には、拝郷という男の名は……」

「知られていないのは当然じゃ。奴の手柄は、遠方で立てたものばかりゆえな」

柴田軍は、信長在世時、北陸方面の攻略を命じられていた。そうした地方での活躍というのは、中央にまで広がりづらいものだ。ちょうど柴田方が、たとえば秀吉の軍師である黒田官兵衛のような新参の家臣について、さしたる知識を持っていないように。

鬼玄蕃こと佐久間玄蕃は、柴田勝家の甥として、誰もがその実力に注目してきた。自然、働きぶりは世に鳴り響いている。

「しかし、柴田軍にさんざん追い立てられた北陸筋の侍や門徒に言わせれば、本当に恐ろしいのは鬼よりも夜叉《やしゃ》であったとよ」

「夜叉？」

「拝郷のことよ。あやつは夜叉明王《みょうおう》の大幟《おおのぼり》を馬印にしておるゆえ、彼の地で夜叉拝郷などと呼ばれておったそうじゃ。その旗が戦場にひるがえっただけで、北国侍どもはみな震え上がったらしい。真に狙うべきは誰なのか、分かったであろう？」

間違っても前田の老い首なぞ、むきになって追わぬことじゃ。……秀吉はそう言って、呵々《かか》と笑い声を立てながら部屋を出て行った。

一座の空気がふっと弛緩し、小姓たちが騒がしくなる。秀吉が急に訪ねてきたことの驚きを述べる者もいれば、拝郷五左衛門というあまり聞き慣れない武将について、議論を交わし始めた者もいる。市松など、すっかりその気になって、

「拝郷五左衛門は、わしが討ち取ってやろうぞ」

ぎらぎらと野心をみなぎらせ、鼻息荒く喚《わめ》いている。このぐらい単純に生きられれば、さぞ人生とは愉快なのだろう。

（……武名か）

そんなものは結局、童《わらわ》のころから秀吉に付き従ってきた、生え抜きの者だけが抱ける望みだ。新参で、外様《とざま》で、寝返り者である己が、前へ出るような姿勢を少しでも見せれば、周囲から憎まれ、寄ってたかって潰されるだけだろう。

だからこそ、助右衛門はこれまでずっと、己を抑え続けてきた。嘲笑《あざわら》われようと、馬鹿にされようと、決して感情を表に出すことなく、愛想笑いで取りつくろい、その

場をやり過ごしてきた。

（しかし、もし）

武功を挙げれば、そんな日々を変えられるだろうか。

名を知らしめたいわけではない。大名や城主になりたいわけでもない。ただ、このどうしようもなく息苦しい小姓の身分から抜け出し、彼らから離れて、自分の足で立ちたかった。

そのためには、武功が要る。たった一度でいい、取り立てられるに足るだけの、大将首さえ得られれば、きっと……。

三

ゆっくりと、瞼を押し上げる。追想を終えた助右衛門は、改めて眼前の闇を見やった。

目を凝《こ》らすと、遠くに山々の影が透ける。その中にぽつぽつと、篝火や松明が灯っているのは、砦であろう。しかし、そこに籠っている柴田軍の動きまでは、この暗がりと距離では見定めることができない。

天正十一（一五八三）年、四月二十日、夜半。秀吉と勝家は、北近江の伊香《いか》郡において対峙《たいじ》していた。

国土の六分の一ほどを琵琶湖《びわこ》の湖水によって占められる近江は、湖の国であると同時に、四方を山地によって隔てられた山の国でもある。両軍の対陣の場となったこの地も、広範な野坂山地《のさかさんち》が一面にそびえる山岳地帯であり、その狭間《はざま》を北国街道《ほっこくかいどう》が貫いている。

当初は、秀吉も勝家も、この山々に囲まれた狭隘《きょうあい》な戦場にあって、

――かように攻め難き地勢では、守りを固め、敵を引きこんで殲滅《せんめつ》するにしかず。

と見たのか、双方とも容易に手を出さず、山中にいくつもの砦を築いて防備を固めつつ、睨み合いを続けた。

羽柴方では、砦を数珠《じゅず》なりに並べて、二段の防御線を構築していた。

第一線は、左禰山《さねやま》砦、堂木山《どうぎやま》砦、神明山《しんめいやま》砦。

第二線は、岩崎山《いわさきやま》砦、大岩山《おおいわやま》砦、賤《しず》ヶ岳《たけ》砦。

これらの砦を残らず陥落させ、防御線を破らない限り、柴田軍は、こちらの本陣へはたどり着けない。野戦においてこれほど堅固な防備が布《し》かれた例は、百年以上続く戦乱の中でも、初めてのことであったろう。

(しかし、柴田軍は)

その完璧な防御線を、突破しようとした。

ことの発端は、勝家の同盟者である、岐阜城主・織田信孝《のぶたか》(信長の三男)の挙兵だった。秀吉はこれを捨て置くわけにいかず、眼前の柴田軍に気取られぬよう注意を払いながら、軍勢の一部を割き、自ら率いて岐阜へと向かった。

ところが、この秀吉の不在が、ほどなくして露見してしまう。

柴田軍はこれを奇貨《きか》とし、勝家の甥である佐久間玄蕃を山中の尾根沿いに回り込ませ、羽柴方の第二防御線への奇襲を敢行した。

この思わぬ襲撃によって、岩崎山砦、大岩山砦は瞬《また》く間に陥落した。文字通りの最後の砦である賤ヶ岳砦のみは、辛《かろ》うじて耐え凌いでいたものの、秀吉不在というこの窮地にあっては、攻め落とされるのも時間の問題であった。

第二防御線が破られれば、もはや本陣を守る術《すべ》はない。奇襲軍の大将である佐久間玄蕃は、自らの勝利を確信したに違いなかった。

だが、その輝かしき栄光は、唐突に彼の頭上から消え去った。——秀吉の本軍が、凄まじい速さで駆け戻って来たのである。

秀吉は幸運だった。岐阜城へ向かう途上、川の氾濫によって道を阻まれたため、砦が攻め落とされたとの報せを受けた際、引き返すまでの距離が短く済んだ。とはいえ、賤ヶ岳方面までの十三里（約五十一キロメートル）を、わずか二刻《とき》半（約五時間）ほどで駆け戻ったその速さは、尋常なものではなかった。

このことにより、柴田方の勝利を決定づける英雄であったはずの佐久間玄蕃は、一転して、敵陣深くに取り残された孤軍となってしまった。

そして――

「申し上げます！」

息を切らせて駆けこんできた伝令が、声がかすれるのも構わず叫んだ。

「大岩山砦の佐久間勢、砦を棄《す》て、余呉湖《よごこ》に沿って退却しておりまする」

「来たか」

秀吉は床几を蹴って立ち上がると、本陣の前方に控えている味方の軍勢に向かって、

「聞けい、者ども」

と、砲声のような大音声《だいおんじょう》を上げた。この矮軀《わいく》の主君のどこに、これほどの大声が詰まっているのか。傍らに付き従う助右衛門たち小姓衆が、そんな疑問を抱くような暇も与えず、秀吉はさらにまくしたてる。

「女房を喜ばしてやりたい奴はおるか、故郷に錦を飾りたい奴はおるか、自分を今まで見下してきた連中を、這《は》いつくばらせてやりたい奴はおるか」

並びの悪い乱杭歯《らんぐいば》を見せつけるように、秀吉は笑ってみせた。容貌だけなら醜悪でさえあるその顔が、ひとたび笑みを浮かべると、照り輝くように眩しく見えた。

「この戦に勝ちゃあ、銭も領地も、なんもかんもが手に入るぞ。手柄を立てた奴に、わしゃあ出し惜しみはせん。徒歩武者《かち》だろうが足軽だろうが大将首を上げた者は、望みとあらば明日からご城主様にだってしてやろう」

およそ大将らしくない、物売りの口上のように野卑《やひ》で軽薄な、だからこそ熱と実感のこもった言葉が、軍勢へ染み込んでゆくのが分かった。

兵の一人が、感極まったように喚声を上げた。その隣の兵も、さらに隣も、涙さえ目に浮かべながら、振り絞るようにして声を上げる。

そうして伝播した彼らの興奮は、地を揺るがすほどの鯨波《げいは》となって、山麓に響き渡った。秀吉はゆるゆると首《こうべ》を巡らして、沸き立つ兵たちを隅から隅へと見渡したのち、

「されば、始めるぞよ。……者ども、掛かれや！」

手にした采配《さいはい》を、勢いよく振り下ろした。

黒一色であった夜空に、わずかに青みが差してきている。徐々に近づきつつある夜明けを目指すかのように、数万の人間の群れが咆哮《ほうこう》を上げながら、刀槍を掲げて駆け出した。

戦闘は、大岩山砦のすぐ裏手に横たわる、余呉湖の湖畔で展開された。佐久間玄蕃は、この湖沿いの行路の先にある権現坂《ごんげんざか》を登って山上へ逃れ、そのまま柴田方の砦へと退くつもりであるらしい。

佐久間隊は五千、片や追撃軍は一万を越える。兵力差もさることながら、嵩《かさ》に掛かって攻める追撃側に対し、逃げる側はどうしても不利である。

だが、その佐久間隊を、羽柴軍は崩しきれずにいた。

「玄蕃め、やりよる」

賤ヶ岳砦に本営を移した秀吉は、矢倉から麓の戦況を遠望しつつ、苦い顔でぼやいた。

両軍の旗色を見る限り、優勢なのは無論、追撃する羽柴軍である。しかし、あと一歩のところまで追い詰めながら、敵を捉えることが出来ない。

佐久間隊は、右手に山地、左手に余呉湖を臨む狭隘《きょうあい》な地形を巧みに利用しつつ、兵を繰り出しては退き、退くと見せては繰り出し、激しい追撃を辛うじて凌ぎながら、じりじりと少しずつ後退してゆく。

交戦が始まったのは寅《とら》の上刻（午前三時）であったが、佐久間隊は粘りに粘り、すでに空は白々と明けてしまっている。

（まさかとは思うが）

このままでは、佐久間玄蕃を取り逃がすのではないか。そんな不安が、助右衛門の頭を過《よ》ぎったとき、

「止《や》めた」

突然、秀吉は踵を返し、矢倉の階段を降りはじめた。驚き追いすがる小姓たちに目もくれず、この主君はさっさと地上に降り、使番《つかいばん》を招き寄せて言った。

「玄蕃への追撃は取り止めじゃ。ただちに後退するよう、先手《さきて》の将へ伝えよ」

「殿」

加藤虎之助が、たまらず声を上げる。

「恐れながら、只今の仰せ、いかなる仕儀《しぎ》にございましょうや。よもや、いまになって玄蕃を逃がすなど……」

「それが、玄蕃の狙いじゃ。あやつは、己へ追撃を引きつけたいのだ」

用意させた床几に腰を下ろし、秀吉は頬杖をつきながら言った。このような状況にあっても、その態度にはどこか余裕が見てとれる。そして、小姓たちを試すように、こう問いかけた。

「どうじゃな、なぜか分かるかえ」

急にそのようなことを問われ、答えられるものなどいない。そうでなくても小姓たちは、いまにも撤退を成功させつつある佐久間隊と、それを捨て置くという不可解な判断に混乱しきっていた。

ところが、そんな朋輩たちの中で、助右衛門はふと、

「勝政《かつまさ》を、逃がすためにございますか」

うっかり、思いついたことを漏らしてしまった。しまったと口を塞《ふさ》いだが、すでに遅い。

「ほう、よう見た」

秀吉は嬉しそうに膝を叩いた。

「説明してみよ、助右衛門」

「は……」

周囲の朋輩たちの、敵意のこもった視線が突き刺さる。助右衛門は怯《ひる》んだが、主君

の命とあっては拒むわけにもいかない。戸惑いつつも、自分の考えを説き始めた。

柴田勝政は、佐久間玄蕃の実弟である。

彼はもともと、賤ヶ岳砦への抑えとして、山上の飯浦坂《はんのうらざか》という地点に陣取ってお り、兄が撤退する際には、山上からの側面射撃によって援護した。追撃軍が佐久間隊に手こずった要因の一つは、この勝政の妨害にあった。

「この分では、玄蕃は権現坂を登りきるかと思われます。少なくとも、あの男にはその自信がありましょう。そうなれば、勝政の役目は終わりです。山道を退いてゆく玄蕃へ、羽柴軍がなおも追いすがる隙に、勝政の配下は散り散りになって逃げ去ってゆくことでしょう」

まさか、自分を置き捨てて、弟を追うはずがない。そう確信すればこそ、玄蕃は勝政を自軍に合流させず、別動隊として山上にとどまらせたのだろう。勝政の配下は、三千。無傷のまま逃がし、温存することが出来たのならば、それは柴田方にとって決して小さな利益ではあるまい。

つまり、佐久間玄蕃はこれだけ追い込まれてもなお、勝ちを諦《あきら》めず、逆襲を目論《もくろ》んでいるのだ。

そうして助右衛門が説明を終えると、市松がわざとらしく、

「大した知恵者よ、感心したわ」

　と吐き捨てるように言った。

　しかし、助右衛門は別段、知恵を凝らしてこの考えに至ったわけではない。ただ、兄が囮《おとり》となり、弟を逃がすという光景を、以前にも見たことがあっただけだ。

「助右衛門の申す通りじゃ」

　秀吉はうなずきつつ、

「ゆえに玄蕃は、捨て置いても構わぬ。無理に追わずとも、弟の勝政を叩けば、あやつは救援のため、勝手に引き返して来よう」

「さ、されど」

　片桐助作《かたぎりすけさく》という小姓は、すっかりうろたえている。

「勝政を叩こうにも、味方の戻りを待っていては、その隙に逃げられますぞ」

「味方の戻りは待たぬ」

　秀吉の口元が、不敵に歪《ゆが》む。

「この賤ヶ岳砦の兵だけで、勝政を叩く。さすれば、敵の裏をかけよう」

　助右衛門たちは声を失った。

　たしかに、敵はそのような事態は想定していないだろう。なぜなら、三千の勝政隊に対し、賤ヶ岳砦には同程度の兵しかいないのだ。

追撃は、相手より大軍で行うからこそ効果がある。下手《へた》に打ち掛かったがために不利に陥り、万が一、総大将の秀吉が討たれでもすれば、その瞬間に味方は総崩れとなってしまうだろう。

しかし、どうしたことだろう。先ほどまでとは違い、この危うき方策に、一人として異論を唱える者はいない。その理由は、考えるまでもなかった。

賤ヶ岳砦内の羽柴軍に、兵力の余裕などはない。柴田勝政を叩くためには、小姓であっても槍を取らざるを得ないのだ。

（まさか、本当にこんな機会が訪れるとは）

血が、煮《に》えた鉛《なまり》のように熱い。いままで感じたことのない興奮が、全身を貫く。もはや、負けたときのことなど頭から消し飛んでしまったのは、きっと助右衛門だけではないだろう。

「心得たな。しからば、槍を持て」

「ははっ」

秀吉に命じられるやいなや、小姓たちは次々と槍を手に取った。

そして、辰《たつ》の刻（午前八時）。突如として、賤ヶ岳砦の城門から押し出した軍勢が、飯浦坂の柴田勝政隊へと襲い掛かった。

「掛かれ、攻め潰せ」

馬上で秀吉が叫び、数千の兵が刀槍をきらめかせて狂奔する。

青草に彩られた山道が、血だまりと屍《しかばね》で埋まってゆく。錆釘《さびくぎ》を鼻の奥に押し込まれたような悪臭が、辺り一帯に立ち込めた。

若き小姓たちはその真っただ中を、野に放たれた獣のように敏捷《びんしょう》に駆けた。

助右衛門も、雑兵《ぞうひょう》を槍でかき分けるようにして進んだ。安い首に用はない。目指すは、大将首だけだ。

（出し抜いてやる）

思いもよらない急襲に、勝政隊は色めきたった。大将の勝政は何度か踏みとどまって立て直しを試みたが、羽柴軍の勢いに抗しようもなく押し崩されていく。

もうひと押しで、敵は完全に崩れる。助右衛門が、そう確信したときだった。

山道の向こうに、ちらりと白い影が過ぎった。

その正体を助右衛門が理解するよりも早く、影は数多《あまた》の馬蹄《ばてい》を響かせながら、恐るべき速さでこちらへ近づいてきた。

白地に夜叉明王を描いた大幟旗が、たなびいている。その旗の下、数千の将兵たちが黒い波のようにこちらへ雪崩《なだ》れ込んでくる。

「佐久間勢が先鋒、拝郷五左衛門家嘉《いえよし》、推して参る」

名乗るが早いかその敵将は、配下と一体となって羽柴軍へと襲い掛かった。


拝郷の戦ぶりは、その武名に恥じぬものだった。

この男は大将でありながら、矢玉の飛び交う山道へ先陣を切って駆け込み、たちまち二、三人を十字槍で薙《な》ぎ払った。その奮戦に引きずられるように、柴田方の兵たちも槍先を揃《そろ》え、自分たちが追われていることなど忘れたかの如く、武者声を張り上げながら突き入ってくる。

「押し返せ、羽柴の雑兵どもなど恐るるに足らん」

返り血を浴びて真っ赤に染まった顔で、拝郷は叫んだ。その姿はまさしく異名の通り、人離れした夜叉のようだった。

怖い。

興奮によって眠っていた感情が、助右衛門の中で首をもたげる。あの男の目を見ただけで、身体が竦《すく》みそうになる。

（だが、それでも）

ぐっと奥歯を噛みしめ、踏み出す。あの男の首級《しゅきゅう》さえあれば、全てが叶う。これほどの好機を目前にして、今さら退くわけにはいかない。

味方を押しのけ、敵を突き伏せ、手傷を負いながら必死で前へと進んだ。自分の腕や足が、どう動いているのかすら分からぬほど、無我夢中で槍を振るった。

そして、ついにその姿を眼前に捉えた。

次の行動を考えるよりも早く、身体が勝手に動いていた。助右衛門は体当たりするような勢いで踏み込み、馬上の拝郷へ向かって鋭く槍を突き上げた。

握った柄に、柔らかく重い感触が伝わる。その手元にまで、湯のように熱い液体がしたたり落ちてくる。助右衛門が繰り出した穂先は、甲冑《かっちゅう》の隙間である脇《わき》の下から、深々と奥まで突き刺さっていた。

ただし、

（あっ）

槍は、一本ではなかった。

助右衛門のそれと鏡映しにしたように、反対側からもう一本の槍が、拝郷の身体へ真っ直ぐに突き立てられている。

柄を握っていたのは、福島市松だった。

「あ、う……」

かすれきった喉から、情けないうめき声が漏れた。

ぐにゃりと、視界が歪む。自分がどこに立っているのか、土の上か、石の上か、そんな感触さえ曖昧《あいまい》になる。助右衛門の中でなにかが、音を立てて崩れてゆく。

なにをしている。さっさと、組み付いて首を掻《か》き切るのだ。そう念じる心とは裏腹に、助右衛門の腕は別の生き物のように動き、

「あ……」

一度は突き立てた槍を、引き抜いてしまった。

大将を討たれ、総崩れとなった拝郷隊を、羽柴軍が猛追する。助右衛門はその人波に紛《まぎ》れ、逃げるようにして駆けた。

いったい、自分はなにをしているのだ。

恨まれる覚悟も、出し抜く決意もしていたはずだった。いや、むしろ、散々に自分を見下して来た朋輩たちを、蹴落としてやるのだと気負っていたはずだった。

しかし、市松の顔を見た途端、そんな思いも、拝郷を討ち取ったのだという興奮

も、全てが泡のように溶けてしまった。

もし、拝郷の首を掻き切ったところで、市松があくまでも、討ち取ったのは己だと主張すればどうなる？　朋輩たちがそれに与すれば？　秀吉がその意を採り上げれば？

恐ろしかった。拝郷よりも、どんな猛将よりも、味方を敵に回すことが怖くてしかたなかった。敵陣の真ん中で孤立していたのは、佐久間玄蕃や柴田勝政などよりも自分の方であったことを、助右衛門は今ごろになって思い知った。

それから間もなく、柴田軍は総崩れになり、賤ヶ岳の戦いは羽柴方の大勝利で幕を閉じた。ただし、その戦勝を決定づけたのは追撃による局地的な戦果ではなく、もっと大きな現象のためであった。

柴田方の有力武将であった前田利家が、途中で撤退してしまったのである。この突然の裏切りによって、柴田方の士気は完全に打ち砕かれてしまった。

——前田の老い首など、狙うなよ。

秀吉が開戦前、そう言っていたことを思い出す。周到な秀吉は、あの時点ですでに、利家となんらかの密約を交わしていたのかもしれない。

敗れた柴田勝家は、本拠の越前北《きた》ノ庄《しょう》城へと退却したが、ほどなくして城を包囲され、天守に火をかけて自害した。こうして、最大の政敵を打ち倒した秀吉は、織田政権を完全に掌握した。

拝郷の首を取り損ねた助右衛門だったが、あのあとで運よく、兜首《かぶとくび》を一つ取った。

宿屋七左衛門という、佐久間玄蕃の馬廻りのものだ。

ただし、一人で討ち取ったわけではない。羽柴秀長（秀吉の弟）の小姓である桜井《さくらい》佐吉《さきち》という者が、たまたまこの敵と揉《も》み合っているところに直面し、助勢する中で首を刎《は》ねた。言わば、落ちていた首級を拾ったようなものだ。

ともあれ、そんな助右衛門も含めた小姓たちに対し、秀吉は感状を与え、「お主らはいずれも、この戦における一番槍である」と大いにその武功を讃《たた》えた。

感状を得たのは九名。福島市松、加藤虎之助、加藤孫六、片桐助作、脇坂甚内、平《ひら》野《の》権平《ごんべい》、石川兵助《いしかわへいすけ》（ただし拝郷に討たれて戦死）、桜井佐吉、そして糟屋助右衛門である。

九名全員が一番槍などというのはおかしな話だが、成り上がりで、古参の家臣に乏しい秀吉は、いかに自分の陣営に若く有望な勇士たちがいるか、大げさなほどに宣伝することで、世間に武威を示したかったのかもしれない。

褒賞も与えられた。それまで百石か二百石程度の小身に過ぎなかった小姓たちは、この「賤ヶ岳の戦い」の功により、いきなり三千石もの高禄を食む身分となった。ただし、福島市松のみは、拝郷五左衛門を討ち取った功を加味し、五千石とされた。

もっとも、当の市松はこの「賤ヶ岳の武功」を讃えられることを好まず、話題に上ると必ず不機嫌になった。その理由を尋ねられても「知らぬ」とそっぽを向くばかりで、決して人に語ろうとはしなかった。

その後、九名のうち、当初の時点で戦死していた石川兵助に加え、桜井佐吉も早世した。都合、七名となった若武者たちは、いつからかこう呼ばれるようになった。

――「賤ヶ岳の七本槍」、と。

四

最後に、この槍を握ったのはいつの事だろう。

薄暗い城内の刀蔵で一人、助右衛門は佇《たたず》んでいた。

手元には、年季の入った大身槍《おおみやり》がある。蔵の奥深くにしまい込まれていたその槍には、うっすらと埃《ほこり》が積もっていたが、鞘《さや》を払うと錆一つない鋼色《はがねいろ》の穂が露わになった。

軽く振るって、重みを確かめる。違和感はない。突いても、打ち下ろしても、槍は手の中でよく馴染《なじ》み、己の一部の如く軽快に舞った。頭は忘れていても、身体は覚えているものだ。しかし、助右衛門はそのことを喜ぶよりも、むしろ苛立ちを覚えずにはいられなかった。

やはり、そうなのだ。どれだけ歳月を重ねようとも、あの「武功」から逃れることなど出来ぬのだ。

「賤ヶ岳、か」

もう五年も前のことになる。

あの戦いの武功によって、助右衛門に与えられたのは、故郷である播磨加古川城だった。

ようやく、あの朋輩たちと離れられた。それどころか、もはや戻らないと思っていた旧領の継承まで許された。

紛れもなく、助右衛門は望みを叶えた。しかし、それを手放しで喜ぶ気には、どうしてもなれなかった。

——糟屋殿とは、あの「賤ヶ岳の七本槍」のお一人にございますか。

上方での社交の場などで、若い武士や遠国からきた者は、糟屋助右衛門という名を聞くと、必ずそのように尋ねてくる。若くして、柴田方の豪傑を討ち取った武辺者。秀吉の幕下における、選りすぐりの勇士。……彼らはそうした目で助右衛門を見ては、賤ヶ岳での武勇譚などをしきりに聞きたがった。

——あんなものは、虚名に過ぎませんよ。

そう言いきってしまえれば、どれほど楽だろう。本来であれば助右衛門の武功——二人がかりでようやく討ち取った馬廻程度の首級など、三千石もの高禄に値するような手柄ではない。

七本槍などは、羽柴家の武威を喧伝するための数合わせに過ぎず、ひいては、その中でも古参であり、秀吉の縁戚でもある福島市松や加藤虎之助を引き立たせるための添え物に過ぎないのだ。

だが、それを言うわけにはいかない。主家の意図に叛き、秀吉の機嫌を損ねるようなことになれば、せっかく戻ってきた加古川城も取り上げられかねない。助右衛門はあくまでも、その武功に相応《ふさわ》しい勇士でなくてはならなかった。

「皮肉なものだな」

つい、自嘲が漏れる。手柄を挙げれば、市松たちから離れられると思っていた。しかし、いまの助右衛門は七本槍の一員として、小姓であったとき以上に、彼らに縛りつけられている。

求められればいくらでも、虚飾に満ちた手柄話を語った。首実検《くびじっけん》のときまで名前さえ知らなかった敵将の宿屋七左衛門を、音に聞こえた豪傑であったと偽り、どちらが屍になってもおかしくない熾烈な槍争いの末に、辛うじて勝つことが出来たのだと、針の如き手柄を丸太のように誇張して披露した。

しかし、そうした武勇譚を語っているとき、不意に、誰の話をしているのか分からなくなるときがある。

世の人々は、七本槍の英雄たる糟屋助右衛門を求めている。ならば、その男の活躍について物語る、その男とは明らかに違う自分は、誰だ。

領地も城も得た。助右衛門は間違いなく、自分の足で世に立っている。だというのに時折、自分がどこにもいないかのような、ひどく心細い気持ちになった。

「殿」

声を掛けられ、はっと我に返る。いつの間にか、刀蔵の入り口に近習《きんじゅ》が控えている。

「黒田様がお見えになられました」

「ああ、いま参ろう」

穂を鞘に納め、懐紙で埃を丹念にぬぐい取り、助右衛門は槍を担いで歩き出した。

「御槍を預かり致しまする」と近習は言ったが、無用だと首を振るう。

「この槍は、まだお主には重すぎよう」

諦めにも似た心地で、そう呟いた。


「お久しゅうございます、官兵衛殿」

別室で待っていた客人に、助右衛門はそう言って頭を下げた。

客は、頭巾《ずきん》をかぶった壮年の男で、居住まいこそ柔和だったが、頭巾の下から覗き見える大きく黒ずんだ瘡《かさ》が、異様な風情を醸《かも》し出している。

秀吉の軍師、黒田官兵衛である。

主君の栄達を支えてきたこの智将は、現在は豊前中津《ぶぜんなかつ》十二万五千石を領する大名となっている。

「九州よりはるばる、ご足労にございましたな。お疲れにございましょう」

「なんの、これしきべっちょ（別状）ない。播州の懐かしき山野を眺めれば、疲れなど吹き飛ぶわい」

政権中枢での役目も多く、領国と上方を頻繁に往来しなければならない官兵衛にとって、その途上、生まれ故郷である播州に立ち寄れることが、ささやかな慰めになっているらしい。

「しかし、まあ」

官兵衛は顎をさすりつつ、

「あの小童《こわらわ》だった助右衛門殿が、いまは加古川の殿様、糟屋内膳正《ないぜんのかみ》殿か。いや、立派になったものよな」

「そう言ってくださるのは、官兵衛殿ぐらいのものですよ。七本槍の中では、さして出世頭とも言えませぬからな」

「左衛門大夫《さえもんのだいぶ》と主計頭《かずえのかみ》は、仕方あるまい。あれらは股の毛も生えそろわぬような頃から、羽柴家の釜《かま》の飯を食ってきた連中だ。秀吉様も、つい可愛がりたくなろうよ」

助右衛門は、加古川の舟入《ふないり》などの書類整理を手伝ってきた経験を活かし、この五年間、検地をはじめとする事務方の仕事をこつこつとこなし、ようやく千石加増されて所領は四千石となった。

しかしその間、かつて市松と名乗っていた、福島左衛門大夫正則《まさのり》は、いまや伊予国《いよこく》分山《ぶやま》で十一万石を領する堂々たる大名となっており、虎之助こと加藤主計頭清正《きよまさ》に至っては肥後隈本《ひごくまもと》十九万五千石などという、官兵衛以上の大封《たいほう》を任されている。

恐らく秀吉は、この生え抜きの二人を次代の柱にと考えているのだろう。助右衛門如きがどれほど尽くしたところで、彼らのような立身などあり得なかった。

「なに、務めをしかと果たし続けておれば、いずれまた加増もあろう。焦ることはない」

「別に焦ってはおりませんよ」助右衛門は苦笑する。「私はこれでも、いまの己に満足しています」

もはや、現状から抜け出したいなどという、かつてのような渇望は湧き上がってこなかった。所詮、足掻《あが》いたところで、逃れることなど出来ぬのだ。

「ああ、いかんいかん。つい、話が逸れてしまったわ」

官兵衛はばつが悪そうに首すじを掻いた。

「どうも、年を食うと無駄話が増えて嫌になるな。おい、入って来い」

「ははっ」

襖《ふすま》が開く。立ち入って来たのは、色が白く、やや細身な骨柄をした、見覚えのある青年であった。

「黒田官兵衛が倅《せがれ》、長政《ながまさ》にございまする」

青年はそう言って、静かに頭を下げた。

「なんと、貴殿があの松寿丸《しょうじゅまる》殿か」

大きくなったなあ、と思わずため息が漏れる。助右衛門は、この黒田長政が松寿丸と幼名を名乗っていた頃から見知っているが、こうして間近で向き合うのは何年ぶりだろう。自分よりたしか六つ年下だから、いまは二十一歳になっているはずである。

実は、助右衛門はこの長政について、父の官兵衛からある役目を、かねてより打診されていた。

「どうだろうか、助右衛門……いや、内膳殿」

官兵衛は軽く咳払《せきばら》いし、

「なにとぞ、倅の槍働きの師となっては貰《もら》えぬだろうか。わしはこの頃、上方での務めや新領の統治に追われてなかなか目をかけてやれぬゆえ、貴殿から戦場での心得などを、とくと教えてやって欲しいのよ」

「身に余る光栄にございます。この糟屋内膳、七本槍の名に懸けて、務めを果たさせて頂きまする」

正直なところ迷惑ではあったが、これまでさんざん武勇を吹聴してきた己が、たかが教育役程度のことを渋るのは不自然である。

　それに、助右衛門にとってはもう一つ、この役目を引き受けるだけの理由があった。

「長政殿」

　助右衛門は傍らの槍を手に取り、供物《くもつ》を捧げるかのように恭しく、青年の前へ差し出した。

「賤ヶ岳の戦いで、私が用いた槍だ。ぜひともこれを、師弟の証として、長政殿に進上したい」

「内膳殿、それは……」

　この申し出は、智謀で鳴らした官兵衛も想定していなかったらしい。困惑する軍師をよそに、助右衛門は長政に向かって語りかける。

「私のようになどというのは口幅《くちはば》ったいが、もし貴殿がこの槍を手に、世に轟《とどろ》くほどの武功を挙げて下さるのであれば、我が面目、これに過ぎたるはない。長政殿、受け取ってくれような」

　舌は軽妙に回り、本心とは程遠い、しかし七本槍の役割には相応しい言葉をすらすらと紡ぎ出す。

本当はただ、この槍を手放したいのだ。

折ることも、捨てることも許されない、虚飾に塗《まみ》れた己の武名の象徴。たとえ逃れられないのならせめて、そこから少しでも目を逸らしたかった。

ところが、奇妙なことに長政は、じっと押し黙ったまま、いつまでたっても槍に手を伸ばそうとしない。

「いかがなされた、長政殿」

「糟屋殿のお心づかいは、ありがたく存じます」

青年は拗《す》ねたような顔つきで、しかし言葉だけは丁寧に礼を述べてから、

「されどこの長政が目指す武功は、七本槍のようなものではありませぬ。槍働きの勇は尊ぶべきなれど、賤ケ岳がそうであったように、それだけでは大局を動かすことはできませぬ」

助右衛門は、目を丸くした。

長政の語調には、皮肉もなければ諧謔味《かいぎゃくみ》もなく、ただ、ぎらぎらと輝くような熱意が、覆いようもなくみなぎっている。

「師などおらずとも、私は私のやり方で武功を目指します。その覚悟がなければ、黒田の名を背負うことなど出来ませぬ」

「黒田の……」

そこで、助右衛門はようやく気づいた。この青年は、兜首の一つや二つよりも遥かに大きな目標を見据えているのだと。

——長政心底は、父の命なれども、糟屋が七本槍程のことは、我必ず為すべしと思ひ、槍を手に取らざる（『名将言行録』）

「……いい加減にせぬか！」

たまりかねた官兵衛が、息子を怒鳴りつけた。

「申し訳ない、内膳殿。若輩者が、とんだ無礼を……」

「いえ」

助右衛門は、静かにかぶりを振った。

「いいのです、官兵衛殿。たしかに長政殿には、この槍は必要ないものだ」

きっと長政は、官兵衛を目指している。天下人を支えた軍師という、その眩《まばゆ》いほどの栄光に萎縮することなく、偉大な父を乗り越えようとしている。

口に出すのも恥ずかしくなるような、青臭く、大それた望みだ。しかし、虚構の自分如きにすら戦わず屈した助右衛門には、その青臭ささえ、ひどく羨《うらや》ましく見えた。

(いったい私は)

これまで、なにをしてきたのだ。助右衛門は顔を伏せた。涙ぐんでいる己を、この青年に見せたくなかった。

脳裏に、過ぎ去った光景がよぎる。

敵陣の真っただ中で孤立しながら、なおも逆襲を諦めなかった男。味方を救うためにあえて死地へと引き返した、夜叉明王の如き男。そして、弟に後事を託し、滅びゆく城へ自ら身を投じた、あの男。

彼らは、いずれも敗戦の中で滅んだ。しかし、挑もうとさえせず逃げ続ける者は、敗れることさえ出来ない。そんな当たり前のことすら、助右衛門はずっと忘れていた。

「まだ、間に合うだろうか」

誰にも聞こえぬほど小さな声で、助右衛門は独りごちた。その言葉は小姓のものでも、まして七本槍のものでもなかった。

一度は手放そうとした槍へと手を伸ばし、強く握りしめる。身体が、小刻みに震えはじめていた。

それから、十二年後——慶長五（一六〇〇）年、九月十五日。

秀吉亡きあとの天下の行く末を巡って、「関《せき》ヶ原《はら》の戦い」が勃発し、全国の大名が東西両軍に分かれて争った。

加藤清正、福島正則ら、かつて賤ヶ岳の七本槍と呼ばれた大名たちは揃って東軍に味方したが、なぜか七人の内、加古川一万二千石の小大名・糟屋内膳正（助右衛門）だけが西軍に与し、最後までその旗幟《きし》を貫いて戦った。

しかし、西軍は敗れる。

東軍に属した黒田長政の調略により、有力武将であった小早川秀秋《こばやかわひであき》が寝返ったためだった。この天下分け目の大戦を決定づけた大功により、長政は筑前に五十二万石もの大封を得た。

一方の糟屋家は、西軍に与した廉《かど》によって取り潰された。助右衛門は命こそ許されたものの、その後の消息は定かではなく、最期についても不明である。

いずれにせよ、助右衛門は七本槍の一員としてではなく、ただ一人で挑み、そして敗北した。

城も領地も失った果てに残ったのは、彼が賤ヶ岳の戦い以来、生涯に亘って手放すことのなかった、一本の大身槍だけだった。

# しつこい男

吉川永青

それにしても狭い。峠道《とうげみち》と言えば聞こえはいいが、獣道《けものみち》に毛が生えたようなものだ。すり鉢の底のような窪《くぼ》みが細々と続き、一度に通れるのは精々三人か四人だろう。土の盛り上がった両脇には、ひと抱えくらいの木が並んでいるが、まばらに、でしかない。鉄砲から隠れるのにも難儀するのではないか。おまけに暗い。とうに夜明けを迎えているのに、漏れ入る明かりが少ないのだ。まばらな木立《こだち》でも新緑の勢いは侮《あなど》れん。

足許を見れば、そこ彼処《かしこ》に木の根が無作法に足を投げ出している。ここを通って攻め掛かるのは骨が折れるだろう。いやさ、足を取られて転げれば、本当に骨を折るかも知れぬ。

「気を付けねばならー―」

自戒を込めて呟《つぶや》いたところで、後ろからドンとぶつかられた。

「気を付けろ、のろ安《やす》」

市松《いちまつ》こと、福島正則《ふくしままさのり》だ。少々かちんときた。

「のろ安とは何だ。脇坂《わきざか》殿か、せめて安治《やすはる》殿と呼べ」

「こんなところで、ぼさっと立っていたくせに。うすのろ安治、のろ安で十分だ」

やり合っていると、市松の後ろから縮《ちぢ》れ髭《ひげ》の強面《こわもて》がやって来た。虎之助《とらのすけ》――加藤清《かとうきよ》正《まさ》だ。嫌な奴が二人になったと思う間もなく、当の髭男がじろりと睨《にら》んできた。

「のろ安、道を空けろ」

「何だと、この。う……あ、阿呆！」

頭に血が上って、うまく言葉が出てこない。顔を真っ赤に染めていると、二人はこちらを指差してげらげらと笑った。揃いも揃って、無礼にもほどがある。

「おまえら、年下のくせに」

虎之助が、ふふん、と鼻で笑った。

「手柄を求めるなら、少しでも敵を叩きやすいところに兵を動かすものだ。違うか、のろ安殿。お主のように、ぼさっとしておっては成り上がれんのだ。分かったら、どけ」

「お、おおお、俺は、もう先手《さきて》の場所を、取った！　のだ。譲《ゆず》らんぞ」

いかん。怒りが強くなりすぎて口さえ回らない。いつもこうだ。だから俺は馬鹿にされる。自らのこうしたところが恨めしい。畜生《ちくしょう》、畜生め。

歯軋《はぎし》りしていると、市松が目をぎろりと剝《む》いて顔を近づけてきた。互いの鼻が当たりそうなほどに。

「ここが先手の場だと、誰が決めた。ああ？」

「……誰も。いや、されど」

「されども引き戸もあるか。こんなところで矢玉を恐れて、先手の功も何もなかろう。……いいから、どけ」

言葉に詰まった。この男は些細《ささい》なことで気が触れたように激昂《げっこう》する。このままでは、味方でも構わずに斬り掛かるのではないか。正直恐い。いや、いやさ、恐くなどない。ないのだが、思わず一歩退《ひ》いてしまった。悔しさに顔が引《ひ》き攣《つ》る。引き攣って笑っている。畜生め。

「それでいいんだ」

目を飛び出させんばかりに剝いたまま、市松がにやりと笑う。虎之助が、さも小馬鹿にしたような笑みで舌を出し、道の先へと進んでいった。二人が連れる足軽は各々《おのおの》三十ほど、この雑兵共までにやついているのが気に入らない。

「この愚弄《ぐろう》、忘れんぞ」

市松と虎之助の背は、もう十間《けん》も先だ。このくらい小さな呟きなら聞こえんだろう。だが俺は本当に忘れんからな。この戦で手柄を挙げて、おまえらを顎《あご》で使ってやる。

「覚えておれよ。生涯かけて仕返ししてやる。どんな手を使うかは、これから考えて――」

口の中でぶつぶつ言っていたら、パン、と激しく空気が割れた。鉄砲だ。続いてずっと前の方から、わあわあと喚《わめ》き声が飛んでくる。

「え？　もう始まったのか？」

「始まったのかて、何言うとんだがね。鉄砲だぎゃ、殿様」

手勢に連れる二十人の中で最も年嵩《としかさ》、四十絡みの足軽である。う、と短く唸《うな》った。いかん、そんなことでは。胸を張らねば。

「うむ。然《しか》らば参るぞ」

よし、声も太い。眉も吊り上がっていたはずだ。威厳に満ちていただろう。

「殿様、そんな散らばった顔で偉そうにしとらんで、走らにゃ」

「お、そうだな。皆々、走れ。この先に敵将・柴田勝政《しばたかつまさ》がおるぞ」

ともかく、と足軽衆の前に立って走った。市松と虎之助だけに手柄を挙げさせてなるものか。俺とて秀吉《ひでよし》様の子飼いなのだ。走りつつ念じていたが、頭の中はいつの間にか、足軽の親爺《おやじ》に言われた「散らばった顔」に行き着いていた。どこでどう間違ったのか。

俺の顔は散らばっている。平たく四角い顔の中、両の眼は左右に離れ、口も顎の近くに鎮座しているのだ。こんな面相だから、年下の生意気な奴らに嘲《あざけ》られる。

だが、断じて男は顔ではない。志《こころざし》と働きだ。ほれ見よ、あそこで敵味方が揉《も》み合って、市松も虎之助も攻めあぐねておる。そこで、この脇坂安治だ。一気に敵を押し込んでくれる。

「槍、掲げい」

大音声に呼ばわると、後ろに続く足軽たちが長槍を持ち上げた。が、どうしたのか。市松と虎之助が道の脇に飛び退《の》いてゆく。

「阿呆！　のろ安、伏せろ」

虎之助め、またもその呼び方を。いやいや、憤《いきどお》っている場合ではない。鉄砲か。

「伏せよ」

手勢に向けて叫び、俺自身も地に突っ伏した。走り込んだ勢いで肘《ひじ》が擦《こす》れる。数日前の雨で土は柔らかいが、木の根がごつごつと当たって、鎧下越《よろいした》しにでも痛い。おまけに後続の手勢に二度ほど足を踏まれた。戦場ゆえ仕方ないのだが、少しは気を遣え。

などと思っていると、鉄砲の音が一斉にこだました。引き続いて放つ気配はない。

「立てい」

手勢に呼び掛け、泥だらけで立った。ここだ。今なら先手を奪った二人に追い付き、手柄を挙げられる。俺とて、おまえらが馬鹿にするような愚鈍ではない。

「つもりだ！　いや、突っ込め！」

兵を励まし、再び揉み合いに戻った市松たちに加勢する。

敵が、じわりと下がり始めた。どうだ、俺の武勇ゆえぞ。と胸を張れば、どれほど良かったろう。だが実のところは、敵の鉄砲が多くないからだ。先ほどの斉射を聞く限り、あって三十挺《ちよう》だろう。我々、羽柴《はしば》秀吉様の先駆け衆は総勢三百。分が悪いと踏んだのに違いない。

「のろ安、後詰《ごづめ》せい」

五十余りの兵の向こうで、頭二つ大きい虎之助が肩越しに向いた。こちらが否とも応とも言っていないのに、当然とばかりに前に出てゆく。市松も負けじとこれを追った。

「阿呆め、誰が後詰などするか」

そうだ。敵の総大将・柴田勝家《かついえ》を追い払う——この賤《しず》ヶ岳《たけ》の戦いには天下の権が懸かっていると、秀吉様が仰《おお》せだった。手柄を挙げれば出世は間違いなし、市松たちの後詰に甘んじておる訳にはいかない。兵の群れが蹴り上げる湿った土くれを顔に受け、それでも、と自らを励まして突っ掛けた。

だが、やはりこの道は狭すぎる。敵に槍を付けようと気は逸るも、前が詰まって思うに任せない。苛立っているうちに、後ろから桜井佐吉《さくらいさきち》やら石川兵助《いしかわひょうすけ》やら、同じ秀吉様の子飼い衆が押し寄せてきた。切通しの獣道に敵味方がひしめき合い、満足に槍を振るうことすらできない。

「おい。あれを見ろ」

後ろから、切羽《せっぱ》詰った声。先手の二人が揉み合う遥《はる》か向こうに「三つ引両」の幟《のぼり》が見えた。鬼玄蕃《おにげんば》の二つ名を取る男、佐久間盛政《さくまもりまさ》が加勢に参じている。

「良き敵ぞ」

猛《たけ》り狂った咆哮《ほうこう》ひとつ、市松は嬉々として暴れ始めた。鬼玄蕃を蹴散《けち》らせば、という大それた野心に衝き動かされている。

正直なところ、俺には市松の心が分からない。おまえが連れているのは三十だったろう。ここまで来るのに幾度も鉄砲を受けて、目減りしているのではないか。それで、どうやって佐久間玄蕃に勝つつもりだ。そもそもあの幟は佐久間の旗印というだけで、そこに鬼玄蕃がいると言いきれるものではあるまい。

(だが……好きにせい)

おまえが的外れの戦をしておる間に、俺は確かな功を追う。佐久間盛政はここにいないかも知れぬが、柴田勝政は間違いなくいるのだ。

と、一気に視界が開けた。狭苦しい獣道をようやく抜け、いくらか広い地に至る。敵兵の向こうには余呉湖《よごこ》に向けて右へと下る権現坂《ごんげんざか》が見えた。

「いざ前へ！」

ここぞ、と手勢に声をかけた。もっとも俺まで含めて「その他大勢」に呑み込まれ、一団となってしまった。然り、切通しを抜けたのは皆が同じなのだ。ここからが正念場と、誰もが他を出し抜くべく進んでゆく。俺と手勢もその人波に流されて、戦いの只中《ただなか》に飛び込んだ。

「放て！」

いかん、鉄砲だ。しかし今度は伏せる場がない。

ダダン、ともの凄《すご》い音がした。先ほどまでの、パン、パン、が束になった響きとは比べものにならない。佐久間隊の加勢を受けて、柴田勝政も勢い付いたか。

「うむ……う」

右手の後ろで苦しげな呻《うめ》き声が響く。石川兵助が左肩を撃ち抜かれ、くずおれていた。兵助だけではない。足軽衆は無論のこと、秀吉様の子飼い衆がひとり二人と斃《たお》れてゆく。さもあろう、味方は皆が狭い道の出口にひしめき合っている。いい加減な狙いでも当たるというものだ。

（だとすると……）

ついつい弱気が頭をもたげた。このまま前に出て良いのか。足が止まる。

いやさ、前に出ねば手柄は挙げられぬ。三歩、四歩と駆け出す。

しかしながらこれは、命あっての物種というやつでは。駆け足が緩む。そうとも、生きて功を挙げねば、市松や虎之助を嘲ってやれない。

「こなくそっ」

ひと際通る叫びで、びくりと身が震えた。虎之助だ。あやつの声で驚くなど、何と忌々《いまいま》しい。恥だ。これも、ずっと覚えているからな。

「糞ったれ！」

今度は市松、二人に加えて加藤孫六《まごろく》も前に出ている。しかし敵の勢いは、こちらを再び峠に押し込めんばかりだ。

「負けて堪《たま》るか。誰でもいい、手を貸してくれ」

市松が必死になって叫んでいる。応じて、無理に突っ掛けて行く者があった。片桐《かたぎり》助佐《すけざ》、平野《ひらの》権平《ごんぺい》、糟屋《かすや》助右衛門《すけえもん》――。

(俺は……馬鹿か)

皆の懸命な姿を見て、自らを恥じた。手柄も出世も戦に勝ってこそなのだ。市松や虎之助が死んでしまえば、仕返しひとつできぬ。

「おおお!」

喉を衝いて雄叫《おたけ》びが上がった。俺の中にこれほどの声があろうとは。

「進め!　必ず勝つのだ」

その一念で前に出ると、意気に感じたか、手勢も付いて来てくれた。混戦、乱戦、敵の槍を受け止め、往《い》なし、ひとりでも多くと叩いて回る。何がどうなっているのか分からない。いつ終わるとも知れぬ戦いの中、次第に無我の境地に達する気がした。

もっとも、悟りを開くには至らなかった。

「前田《まえだ》利家《としいえ》、退いてござる」

余呉の湖畔を進む秀吉様の本陣から、その声が渡る。敵兵が寸時動きを止め、やがて、じわりと抗戦の気が緩み始めた。対して味方の意気は変わらず、少しずつ旗色が良くなる。やがて柴田勝政隊は一気に崩れ、逃げ散っていった。

「今ぞ。追い討ちじゃあ」

虎之助が槍を振り上げて皆を煽《あお》り、猛然と駆けてゆく。俺も後を追った。勝ち戦――前を行く虎之助と市松の何と頼もしいことか。

それでも俺は、おまえらの愚弄を忘れんぞ。

＊

この俺、脇坂安治は大した働きもできなかったが、賤ヶ岳の戦いは我々が圧勝した。秀吉様が総大将なのだから当然だ。以後は勢いに乗って敵の本拠・越前北ノ庄《えちぜんきたのしょう》に乗り込み、柴田勝家を自害させるに至る。天下人・織田信長《おだのぶなが》公が本能寺《ほんのうじ》にてご生害となって一年、二つに割れた織田家中が秀吉様の下にまとまろうとしていた。

「よう安治、来たかや」

戦いの後、秀吉様に召し出されて安土《あづち》城に上がった。信長公が本拠としていた城だが、往時の絢爛《けんらん》な姿ではない。かつての安土城は本能寺の後で火を放たれ、焼け落ちてしまったのだ。信長公の次男・信雄《のぶかつ》様が血迷って愚挙に及んだとも噂されたが、実のところは、ならず者の乱妨狼藉《らんぼうろうぜき》らしい。斯様《かよう》な次第で仮普請《かりぶしん》なのだが、秀吉様の居所だけは金襖で煌《きら》びやかに飾られている。真新しい畳の匂いも清々《すがすが》しい。

――いや。そのはずなのだが、俺にとってはこの清澄な空気が胸に重い。賤ヶ岳の戦いでは目立った功もないのに、三千石の知行を頂戴《ちょうだい》してしまったせいだろうか。しかも山城国《やましろ》、京の至近である。とは言え、主君からの恩なのだ。努めていつもどおりにと自分に言い聞かせ、十畳間の入り口で礼に則《のっと》って頭を下げた。

「お召しとあらば、いつでも。如何様《いかよう》なお話にござりましょう」

「うむ。まあ楽にせいや」

促されて平伏を解く。秀吉様はくしゃくしゃの顔に稚児《ちご》のような笑みを浮かべ、さも重大な慶事を明かすように晴々と胸を張った。

「天下分け目の賤ヶ岳で勝ったからにゃあ、次の天下人はこの羽柴筑前《ちくぜん》じゃろ。柴田は死んだ。あいつの倅《せがれ》も、勝政は行方知れず、勝豊《かつとよ》は病で死んだ。佐久間の鬼玄蕃も首を刎《は》ねた。……惜しい男じゃったがな」

然り。そして前田利家と佐々成政《さっさなりまさ》、柴田方の猛将二人も降《くだ》った。信長公の三男・信《のぶ》孝《たか》様はご自害召され、次男の信雄様は皆が認める盆暗《ぼんくら》であらせられる。

「殿を措いて他に、これからの天下を担《にな》える者などおりませぬ」

「ところがな、ちと具合が悪い」

満面の笑みの中、秀吉様の口元が少々の歪《ゆが》みを見せた。

「天下人になったらよ、家臣にも箔《はく》ちゅうのが要る。じゃが、わしにゃあ昔からの家来が少にゃあでな、力のある奴がおらん。今のままじゃと張りぼての天下人じゃわい」

なるほど。秀吉様は信長公の下で低い身分から成り上がったお方、譜代の臣を持たない。長く付き従った中で相応の格を備えているのは、蜂須賀小六《はちすかころく》殿と黒田官兵衛《くろだかんべえ》殿くらいだ。

「そこで、おみゃあら子飼い衆に、ええ格好をして欲しい」

「……皆に三千石を宛がわれたのは、そのためにござりますか」

功に見合わぬ恩賞の訳が知れて、胸の重石が増した気がする。しかし俺の苦悶《くもん》を余所《よそ》に、秀吉様はやはり楽しそうである。

「でな、三千ずつくれてやった七人衆の呼び名を考えた。名付けて、賤ヶ岳七本槍！　わしの子飼いにゃあ頼りになる若いのが大勢おるて、世の中にぶち上げてやるんじゃい」

あ痛たた。そうきたか。むむ、と唸るのみである。

「おい、どうしたんかや」

嬉しくないのか、と怪訝《けげん》な顔だ。いや、この身を引き上げてもらえるのは有難い。だが、いささか困る。

「何と申し上げましょうや。その……俺は、そこまでのお計らいを頂戴して良いのかと思いまして。市松や虎之助が、功もないのに同じ三千石かと厭味《いやみ》を申すものですから」

有り体《てい》に言えば、二人は主君の裁定に不平を漏らしているのだ。言語道断だし、俺としてもこの上なく口惜しい。重ねがさねの愚弄に「いつか仕返しを」と心に決めているが、さすがに此度ばかりは返す言葉もなかった。市松は名だたる鉄砲頭の拝郷《はいごう》五左衛門《ざえもん》を討ち取っているし、虎之助は柴田勝政の兵が崩れた折に痛烈な追い討ちをかけた。対して俺は、同じ先駆け衆としてあの場にいただけである。それで同じ恩賞とは、どうにも。かえって二人への引け目ができた気がするのだ。

しかし秀吉様は、こともなげに応じた。

「ああ、それかいや。気にせんでええ。市松は五千に増やしてやった」

「え？　あやつ、殿に文句を付けたのですか」

「まあ言われてみれば、市松の働きは抜きん出ておったし。そんな訳でよ、もう差は付いとるんじゃ。黙って七本槍に名を連ねりゃええがね」

とは言われても、だ。ひとつ唸って、問うてみた。

「そもそも何ゆえ七本なのです」

「阿呆。ちょうどええ数ちゅうのがあるがや。市松と虎で二本槍じゃあ格好が付くみゃあよ。三本でも少にゃあ、四本は死、五本は咳みてゃあだがね。六本は語呂が悪い、八本九本になりゃあ勇士の大安売りじゃ」

仰せは分からぬでもないが、そういう話ではない。俺の気持ちを汲《く》んで欲しいのだ。

「……せっかく市松を持ち上げたのに、七本槍とひと括《くく》りにすれば、またぞろ同じ不平が出るのでは。目立った功のない俺は、肩身が狭くなり申す」

秀吉様は鬱陶《うっとう》しそうに眉を動かし、腕を組んだ。そしてひと呼吸の後、パンと膝を叩いてこちらを指差す。

「いやいやいや、待てや。おみゃあ勝政を討ち取ったろうが」

「は？」

柴田勝家の養子・勝政。攻め掛かりはしたが、討ち取ってはいない。天地神明に誓って違う。第一、秀吉様ご自身が仰せられていたではないか。

「勝政は行方知れずだと、先ほど……」

「じゃからよう。そういうことにしとけ、ちゅう話じゃろ」

「ご無体な。勝政が『俺は生きておるぞ』と名乗りを上げたら、俺は恥をかき申す」

秀吉様は眉間《みけん》に皺《しわ》を寄せて眉尻を下げ、呆れ果てたとばかりに言った。

「おみゃあは、もう、ほんまに阿呆じゃのう。ちっとは頭使え。たとえ生きとっても名乗り出やせんわい。怒らして出て来たとこで首を刎ねる……そういう謀《はかりごと》じゃと勘《かん》繰《ぐ》るに決まっとろうが。それに、この先ゃわしの天下じゃぞ。名乗ったら危にゃあて、誰にでも分かるわい。分からんのは、おみゃあだけじゃ。この間抜け。盆暗。うすのろ」

酷《ひど》い。如何に主君だとて、そこまで罵《ののし》らんでも良いではないか。どこまでも秀吉様に従うつもりだが、俺にも意地はある。

「その阿呆を、七本槍に加えるおつもりでしょうや」

市松と虎之助の不平を聞いたのなら、これくらいは許されるはず。と、思ったのだが。

「ああ、ああ！　面倒臭ゃあ奴っちゃ。おみゃあ相変わらず、しつこい男じゃのう」

かえって怒らせてしまった。びくり、と身が竦《すく》む。

秀吉様は昔の話を持ち出して、くどくどあげつらい始めた。

十三年前、信長公が摂津《せっつ》で三好長逸《みよしながゆき》や本願寺《ほんがんじ》と戦っていた折、秀吉様が援軍を命じられた。ちょうど浅井長政《あざいながまさ》の小谷《おだに》城を睨んでいる頃で、秀吉様は、若手の子飼いや稚児の小姓衆は近江《おうみ》に残し置くと決せられた。あの時、俺は十七歳。残されるのを無念に思い、琵琶湖《びわこ》を渡る軍船に忍び込んだ。船が大津《おおつ》に着くと誰より早く下り、先回りして行軍を待った。

秀吉様は下知《げち》に背いたことを大いに怒ったが、若い者の志にだけは感じ入ったと仰せられた。今宵《こよい》だけ傍《そば》に召し使ってやるから、夜が明ければ長浜《ながはま》に帰れ、と。

俺は「畏《かしこ》まってござる」と寝屋を守ったが、翌朝になると再び違背して京に上り、三条《さんじょう》の橋で秀吉様を待った。今度はお叱りを頂戴せず、ついに参陣を許された。

「何で、帰れて命じなんだか分かっとるかや。心意気がどう、こうじゃにゃあぞ。ただただ、しつこさに呆れたんじゃい。まったく、いつまで経ってもこういうところが直らん。わしが七本槍じゃて決めたんじゃ。ごちゃごちゃと、しつこく言わんで従っとけや」

「心外なお言葉を。先回りを繰り返したのは、お力になりたい一心ゆえ。俺にとっては一か八かの賭け、乾坤一擲《けんこんいってき》の気概を買うてもらえたと喜んでおりましたのに」

秀吉様は、とことん下卑《げび》た笑い顔で、げらげらと腹を抱えた。

「ああ嫌じゃ嫌じゃ。しつこい上に乾坤一擲の気概ときたか。まるで蛇じゃ」

「かつて斎藤道三《さいとうどうさん》は『蝮《まむし》』と呼ばれておりましたが」

「おみゃあなんぞ青大将で十分じゃ。お、お！　こりゃええわい。知行三千石、尻の青い大将じゃからな。あひゃ、ひゃひゃひゃひゃひゃ！　……ええな、七本槍じゃぞ」

大笑から一転、じろりと睨む。これ以上拒むなら、という顔をされては致し方ない。

「……そうまで仰せられるなら」

とは言うものの、釈然《しゃくぜん》としない。しつこい男だと散々に罵っておられたが、ここまで頑《かたく》なにお命じあるのも十分に執拗ではないか。

何はともあれ、決まったことには従うのみ。

だが、やはり案じていたとおりになった。市松が「脇坂などと一緒にされるのは迷惑」と吼《ほ》えて憚《はばか》らない。虎之助も七本槍と呼ばれるのを嫌っている。おまえらは、人の気も知らんで。

＊

秀吉様の勢いは止まるところを知らない。賤ヶ岳の折には織田信雄様と手を組んで戦の大義名分を得ていたが、ついにはその主家筋をも凌《しの》ぐに至った。無情な話だが致し方なかろう。信雄様は家中の誰もが認める愚鈍である。安土が燃やされた時には信雄様の乱心が噂されたが、これとて「信雄様ならやりかねない」と思われていたからだ。

そういうお方ゆえ、秀吉様の後塵《こうじん》を拝するに至っては、本当に血迷って兵を挙げるかも知れない。そこで秀吉様は信雄様の家老・滝川雄利《たきがわかつとし》の娘を人質に取った。飽くまで織田の当主、信長公の嫡孫・三法師《さんぼうし》様の名で、である。

人質となった姫は、この俺、脇坂安治に預けられた。感無量だった。しつこいだの阿呆だのと散々に言いながら、やはり頼りにしてくれているのだ、と。

この幼い姫を大切に扱い、主君の信に応えようではないかと、大坂《おおさか》城近くの屋敷に迎えた。姫は当初、父母を思って泣き暮らしていたものの、次第に笑い顔を取り戻してくれた。日々様子を見て、優しく接してきたからだろう。俺も嬉しい。これは秀吉様に胸を張れる。

そのはず、だったのだが――。

「ちゅう訳でよ、信雄の阿呆と戦を始めるでな。おみゃあ、雄利を味方に引き入れとけ」

天守だけ普請が終わった大坂城で、さらりと命じられた。人質を楯《たて》に取れば楽な話だろうと言うのだ。思わず呆け顔になった。脳裏に姫の姿がちらつく。

「……俺を頼みにしてくれる幼子にござる。かわいそうに思うのですが」

「やれやれ、この阿呆め。情が移りよったか。まあ、そう気にせんでもええ。雄利は目端の利く男よ。徳川《とくがわ》が信雄に味方しそうじゃが、神輿《みこし》の信雄が天下無双の大馬鹿たれじゃからの。どっちに付くのがええかは分かるはずじゃ」

「そうでしょうか」

「決まっとるわい。ええから、わしの言うとおりにせい」

必ずや調略できるという言葉を信じ、その旨の書状を送った。

そして数日後。

やった。さすがは秀吉様だ。滝川雄利は秀吉様に味方する旨の返書を寄越してきた。大いに喜んだのだが、書状の最後に書き付けられた一文がある。む、と思って目を走らせると、たった今の喜びも吹き飛んでしまった。

「病だと」

姫の母御が、明日をも知れぬ命だという。死に目に会わせてやりたいゆえ、少しの間だけ暇《いとま》を頂戴したい、と。書き付けのところだけ乱れた文字で、迷った末に記したのだと知れた。

「脇坂様」

廊下から届く幼子の声。姫が眩《まぶ》しい笑みを弾けさせていた。

「ご覧ください。お手玉、四つできるようになりました」

はしゃぎながら、たどたどしく小さな手を動かし始めた。すぐにひとつを取り落とし、拾い上げて「もう一度」と真剣な顔をする。

(人質……か)

それがどういう立場か、武士の娘なら知っているだろう。しかし、こうして俺を慕ってくれている。この子が母の死に目に会えないとは。

「ほら、できました」

あまりにも清らかな笑みに、いたたまれなくなった。腰を上げ、姫に駆け寄って、軽く抱き締めてやる。俺は、情に負けた。

「姫、いったん母御のところへお帰りあれ」

「え？　母上に会えるのですか」

耳元に驚きの声、何と嬉しそうに響くのか。涙が止まらない。

「お顔を見て、またここへお戻りなさるが良い」

それでいい。滝川雄利は味方すると約束したのだ。善は急げと、その日のうちに姫と侍女を送り出してやった。

姫は、帰ってこなかった。

そうした中で秀吉様に召し出される。内心、びくびくしながら御前に参じた。

「雄利の奴、敵に回って伊賀《いが》に立て籠《こ》もりよった。こうまで頭が固いとは思わなんだわい」

「……はっ」

思ったとおりだ。心中の震えが身に回る。

「おみゃあには気の毒じゃが、人質は斬らにゃあならん。……明日、連れて来い。今宵は別れを惜しんでやるがええ」

こうまで情の通ったお下知とは。俺の震えを勘違いして、少しでも慰《なぐさ》めようとなされているのか。余計に恐ろしい。どうしたら良いのだ。正直に話したら、俺は打ち首になるのではあるまいか。ああ、しかし。黙っていたとて、明日になれば全てが明るみに出る。その時までこの恐れを抱えている自信がない。

「じ、実は……」

白状するしかない。明日まで隠していたら、俺の首だけでは済まなくなるだろう。激しく揺れる声を出すほどに、寄せられていた憐憫《れんびん》の情が少しずつ崩れ去ってゆく。そして、一気に脳天を突き抜けるばかりの怒りに変わった。

「返した、ちゅうんかや」

静かな声だ。恐ろしくて返事ひとつできない。

「たわけ、阿呆、うすのろ！　とろくしゃあにも程があるわい！」

大喝と共に扇子が飛び、一層強い叱責が加えられた。

「ああ、ああ、この間抜け！　人質ひとり満足に扱えんとは、その頭は飾りもんか！　母御が病じゃと？　そんなん、まずは謀を疑うもんじゃろうが。大体、何でわしに断りもなく勝手なことを。ええ？　おみゃあが馬鹿にされるだけと違うぞ。戦の手管《てくだ》も変えにゃあならんし、わしも笑い物になるんじゃ」

全て仰せのとおり、何を言われても仕方ない。そして怒声は次から次と、俺の耳を破らんばかりに繰り出された。

「七本槍に加えたのは、何のためじゃと思うとる。少しでも市松や虎に倣えちゅう親心も分からんのか。尻を叩いても、何も変わらん！　しつこいだけの青大将が嘘の誉《ほま》れをもろうて、ええ気になっとったんじゃろう。阿呆、糞ったれ！　ここまでの盆暗とは思っとらんかったわい。おみゃあのせいで負けたら、どうすんじゃ。ああ？　詫《わ》びるか。死んで詫びんかい、このぼけ茄子《なす》が」

「死んで詫び申す！」

しまった――思った時には遅かった。自らの失策と承知していながら、幾度も幾度も罵られ、悔恨の心を保てなかった。

しばし言葉が出てこない。秀吉様の、主君の目が、冷たく笑みを浮かべて見下ろしている。

「ほう。なら早う死ねや。おみゃあなんぞ、おってもおらんでも同じだがや。ほれ」

ぐらりと頭の中が揺らいだ。聞き捨てならないひと言が、俺の心を深く抉《えぐ》っていた。

おまえなど、いてもいなくても同じ――この場の怒りや勢いで出たのではない。今の秀吉様は市松や虎之助と同じ顔をしている。本心からの言葉だと、言われた側が分からないとでも思っているのか。

気持ちの揺れと身の震えが、ぴたりと止まった。胸を張って言い放つ。

「誉れある七本槍の名を頂戴した身にござる。腹を切るのみでは、殿の御名を重ねて汚すに相違なし。落ち度に見合う死に様で恥を雪《そそ》ぎましょう。伊賀に乗り込み、上野《うえの》城を攻めて討ち死に致す所存」

座った俺と大差ない背丈が、つかつかと近付いてきた。その足がひょいと上がり、俺の顔を真正面から蹴る。仰向けに倒れたところへ、猿の如き金切り声が飛んできた。

「三千石の小身が！　じゃから増長しとるちゅうんじゃ。百の兵も抱えられん身で、滝川に挑もうとは！　さては向こうに鞍替《くらが》えする気じゃな。阿呆の考えそうなことだがや」

痛罵《つうば》されながら身を起こす。鼻の下に生温かいものが流れた。

「……今日まで、間違いなく殿のご恩を受けて参った。それを忘れるほどの阿呆ではないつもりです。母を人質に差し出しましょう」

こちらを見据える顔に、何通りもの怒りがくるくると入れ替わっている。この場で成敗しようかどうか迷っているらしい。どちらでも構うものか。俺の肚《はら》は固まったのだ。

黙って一礼し、鼻の血を拭《ぬぐ》って辞した。背中から斬られることはなかった。

＊

男に二言はない。屋敷に戻るなり、人質として母を大坂城に送った。家臣たちは「秀吉様の直臣が何ゆえ」と狼狽《ろうばい》していた。それらを前に今日の顚末《てんまつ》を語って聞かせる。俺のような盆暗のために、皆が憤ってくれた。何と有難いことだろう。

その晩、主従二十騎のみで大坂を発った。足軽を雇う気もなかったし、募ったところで集まるとも思えなかった。三千石で抱えられるのはせいぜい百、それで四万石の滝川に挑もうというのだから。

伊賀は山に囲まれた地で、大坂から向かうには谷底の川沿いを進まねばならない。通りにくい切所、兵を連れていたら三日もかかったろうが、二十騎の行軍なら一日半であった。夕刻を前にして、上野城を指呼《しこ》の間《かん》に捉える辺りまで進む。森に隠れて夜を待った。

そして四日が過ぎた。

草の葉に露《つゆ》が降りる頃、粗末な屋敷の玄関で平伏の体となる。小さな呆れ声が降ってきた。

「しつこい奴だな。また来たのか」

「頼む、藤林《ふじばやし》殿。力を貸してくれい」

伊賀に入ってからというもの、毎夜、地侍の屋敷に足を運んだ。負けの見えた戦ゆえ、足軽なら尻込みする。だがこの者共なら違うはずだ。土下座を解いて相手を見上げた。

「俺は羽柴秀吉様のご下命で、滝川雄利を攻めるのだ。あの男は織田信雄が家老ゆえ、此度の戦は信雄が相手と言っても良かろう」

「それは昨日も聞いたが、銭を出さぬ者に手は貸せん」

伊賀という国は他と少し違う。国衆や大名の庇護《ひご》を受けず、誰にも仕えず、地侍たちの寄り合いで国を保っている。それができるのは、この者たちが忍びの技を持つからだ。銭をもらって忍びの技を使い、ひとつの任だけ果たす。後腐れのなさが重宝《ちょうほう》され、敵を作らずにきた。

しかし信長公は、他の大名国衆とは全くの逆だった。

「のう藤林殿。織田家は其許《そこもと》らの生業《なりわい》を嫌い、根絶やしにせんとしたのだぞ」

「とは申せど……」

物言いが少し丸くなった。面倒な、という気持ちが揺らいだのだろう。見上げる面持ちは宵闇に紛れて真っ黒だが、胸中に粘ついたものがあるのは分かった。数日前の俺が秀吉様に抱いた思いと同じ匂いがする。ならば、どこまでもその心根を衝いてやろう。

「二度目の伊賀攻めは特に酷かった。其許らの仲間も、どれほど殺されたか。生き残った者は全て人質を取られておろう。信雄は織田の生き残り、しかも伊賀攻めを生んだ張本人だ。あの時の人質も、上野城に閉じ込めておる。俺たちに与《くみ》して、一矢《いっし》報《むく》いてやる気にはならぬか」

「羽柴とて織田家中だろうに」

「既に互いの力は逆になっておる。信雄は滅ぶべき身なのだ」

胸のつかえを取るが良い、と食い下がる。藤林は腕組みで唸り、しばし考えて口を開いた。

「それにしても、お主。伊賀攻めの仔細《しさい》をよう存じておるのう。まるで見ておったかのようだ」

「それは……だな、うむ。俺は羽柴家中ぞ。知らぬはずがない」

内心ぎくりとした。実は二度目の伊賀攻めには俺も参陣していて、伊賀の地侍を殺す側だったのだ。とは言え、賤ヶ岳の戦いでようやく三千石をもらったばかりの軽輩《けいはい》だ。素性《すじょう》は知られておるまいと、一か八かの賭けであった。

「秀吉様は、其許らの力を大いに買っておられる。忍びの技で油断を衝かば、滝川を攻め下すなど訳もないはずだ。頼む！」

「お主の言い分には頷《うなず》ける。が……」

掛かった！　夜を選んで四日、しつこく通った甲斐《かい》もあるというものだ。ここぞ、乾坤一擲の大勝負である。

「やはり伊賀は、銭で技を売──」

「本領安堵！　上野城に囚《とら》われた人質も全て解き放つ。嘘ではないぞ。この四日の間に、秀吉様にお伺いを立てた」

すまぬ、真っ赤な嘘だ。喧嘩別れのような形で出陣したからには、伺いなど立てられるはずもない。だが藤林は「何と」と驚きの声を上げた。

「我らは銭ひとつで誰の頼みでも聞くのだぞ。それを羽柴は、どうして」

然り、だから信長公も人質を取ったのだ。そして秀吉様も、新しく従った者には同じように接している。

(人質……か)

滝川の姫が思い出されて、ずきりと胸が軋んだ。悲しい笑みが漏れる。いささか怪訝そうな藤林に、真っすぐな目を向けた。

「滝川が上野城に籠もったのは、俺が人質を返してしまったからなのだ。あの子の母が病と聞かされて、かわいそうになってな」

「阿呆か、お主は。情に絆《ほだ》されおって」

「滝川は人の情を謀の具とした。俺が阿呆なら奴は外道だ。秀吉様も、それを大層お怒りになってな。さて……其許らは滝川のように、人として恥ずべき道を選ぶかな?」

すまぬ藤林。秀吉様がどうこうというのは、またも大嘘だ。だが人の道云々《うんぬん》は掛け値なしに俺の本心である。戦乱の世では甘いのだろうか。盆暗、うすのろ、藤林にも阿呆と言われた。そうかも知れん。

しばし互いに黙る。どこかで牛蛙が、ぶうぶうと鳴いていた。

「……あい分かった。話の分かる者に声をかけよう」

勝った。俺の嘘、ではない、謀が功を奏したのだ。斯様な嬉しさは初めて味わう。

この男——藤林正保《まさやす》は伊賀上忍三家のひとつである。きっと地侍を束ねてくれるだろう。気の変わらぬうちにと、額を地に打ち付けた。

「かたじけない！」

「三日後、月のない闇夜に城を囲む。それで良いか」

力強く「承知」と返した。俺と二十騎は、この晩から藤林の屋敷に潜んだ。

そして、約束の夜。

俺は藤林と並んで、遠巻きに上野城を見ていた。この後の算段に従い、家臣共々徒歩《かち》で参じている。空には星の白い濁《にご》りがあるばかり、月夜に比べて遥かに見通しが悪い。

「忍びの技、信じておるぞ」

囁《ささや》くと、藤林がにやりと口元を歪めた。そして音のしない笛を吹く。辺りの草が風に煽られたような音を立てた。

しばらくすると、藤林の目に「お」という色が浮かぶ。

「笛が鳴った。虎口《こぐち》の閂《かんぬき》を外したようだ。合図と共に踏み込むぞ」

最前の音が出ない笛か。忍びの耳はどうなっている。いや、それより。

「合図とは？」

薄笑いで「今に分かる」とだけ返され、固唾《かたず》を呑んで頷いた。

しばし待つと、ドン、と激しい音がした。鉄砲など比べものにならぬ野太い響きが、周囲の山にこだまして八方から届く。同時に、上野城にいくつかの火柱が上がった。

「さて参るか。お主は虎口から突っ込むが良い」

藤林の声に「よし」と力が湧く。背後の家臣たちに目配せし、無言で眼差しを交わすと、槍を掲げて駆け出した。

（俺は、うすのろかも知れん。されど意地はある）

曲がりなりにも七本槍だ。ひとりでも多く道連れにし、華々しく討ち死にすべし。後のことなど知るものか。城は藤林にくれてやる。

上野城は、もう暗中の小さな黒い塊《かたまり》ではない。火柱が照らし出す構えは、一歩を駆けるごとに少しずつ大きく、明るくなっていった。

「見ろ、虎口だ」

真っすぐ走ればそこに行き着くと、藤林が言ったとおりだった。俺と二十人が足を速めると、いくらか重そうな音を立てて門扉《もんぴ》が開き、城中の有様がうかがえた。

城は混乱の坩堝《るつぼ》と化していた。滝川家中の兵が火を消そうと走れば、誰に遮《さえぎ》られるでもないのに、急に倒れる。手裏剣の類に違いない。そうかと思えば、走り回っている武士――皆を落ち着かせようとしているのか――が、ひとりの兵とすれ違いざま、力が抜けたようにくずおれる。今の兵がやったのか。さすが伊賀忍び、汚い。

門扉の隙間から見える人影は、始めは筍《たけのこ》ほどの大きさだった。それが次第に大きくなり、稚児ほどの背丈に見えるようになる。その頃にはもう、開かれた虎口から足軽が逃げ出していた。俺が何をする間もなく、戦は決していた。

落とした城に入り、討ち取られた者を実検してゆくが、滝川雄利の姿はなかった。

「ご無念かな？」

「いいや。これで良かったのだ」

藤林の問いに頭《かぶり》を振る。あの姫の笑い顔が目に浮かび、気が付けば頬《ほお》が緩んでいた。

「だろうと思うた。そうでなければ、ただ働きの甲斐もない」

はて。ということは、つまり。え？　もしやこの男、姫を返してしまった一件以外は、全て嘘だと気付いていたのか。たった今の笑みが消え、顔が強張《こわば》る。

「なぜ、手を貸してくれた」

「お主のしつこさ……いや、人質を返してしまった愚かさに負けたのだ。我らにも同じようにできると良いのだが、のう」

藤林は、にやりと笑って去っていった。

翌朝、家臣に書状を持たせて大坂に遣った。城を落とした以上、秀吉様に報《しら》せねばならない。もっとも滝川を討ち漏らしたとあって、やはり切腹は覚悟していた。

だが数日すると、大坂から山岡美濃守《やまおかみののかみ》が寄越された。上野城の本丸館、広間で差し向かいに座る。山岡は主君の代わりに主座を取り、一通の書状を読み上げた。

「安治こと、自らの恥を雪ぎたる働きこそ天晴《あっぱれ》なり――」

書状の言葉が、次第に秀吉様の声に聞こえ始めた。

『いやいやいや、大したもんじゃ。しつこいだの阿呆だの、盆暗だの青大将だのと散々に言うとったが、ありゃ、みんな嘘じゃでな。何ちゅうても、わしゃ、おみゃあを信じとった。やりゃあできる奴と見込んでおるからこそ、こんなことで挫《くじ》けて欲しゅうなくて叱り付けたんじゃ。さすがは七本槍よ。……あ。疑っとるじゃろ。叱ったのが嘘なら、これも嘘じゃろう、てか？　そんなこと、にゃあて。ほんまに、やってくれると信じとった。いやっはははは！』

「――其方これに驕《おご》らず、なお忠勇を示すべし。以上にござる」

山岡を前にして、俺はあんぐりと口を開けていた。この変わり身は何なのだ。あの日は間違いなく俺を蔑んでいたのに。

「ん？　どうなされた、安治殿」

「いや、何でも」

咳払いひとつで取り繕《つくろ》う。すると、厄介《やっかい》なことを思い出した。

「ひとつ……お報せし忘れた。殿のお下知を頂戴せぬまま、伊賀衆に約束したのだが。本領安堵に加え、上野城の人質を返すと」

どうせ斬首だと思っていたがゆえ、敢えて報せずにいた。後から秀吉様が反故《ほご》にすれば名を損なうだろうと、せめてもの返報のつもりだったのだが。

「殿にお伺いせねば、何とも」

まずは問うてみるべしと、山岡は慌しく帰っていった。

数日後、今度は増田長盛《ましたながもり》が寄越された。山岡の時と同じく、主座を譲って膝を詰める。増田は持ち前の辛気《しんき》臭い面相を綻《ほころ》ばせ、朗《ほが》らかな声であった。

「伊賀衆との約束、任せるとの仰せにござった。安治殿なら大丈夫だと、それは上機嫌で。これより信雄との戦で美濃に参るゆえ、伊賀を固く守るべしとのお下知です」

「はあ。……承知したと、お伝えくだされ」

この沙汰《さた》は、どうなのだろう。どこまでも秀吉様を信じていたはずなのに、今の我が心には一点の曇りがある。

（たわけ、阿呆、うすのろ、とろくさい……。いてもいなくても同じ、か）

未だに覚えているとは、本当に俺はしつこいのだろうか。

いや。やはり秀吉様も俺を馬鹿にしている。こうまで見事に掌《てのひら》を返す、即ちそのくらいで軽くあしらえると高を括っているのだ。ああ口惜しや。だが仕返しはできそうにない。何しろ相手は次の天下人である。

こちらの気持ちなどお構いなしに、増田は笑みを浮かべている。俺は愛想笑いを返し、胸の内に深く溜息をついた。

＊

あれから十七年。滝川雄利は伊賀から逃れて伊勢に入り、織田信雄の下で秀吉様――今は亡き太閤《たいこう》殿下と戦ったが、後に降った。滝川の姫も誰かの嫁に行ったそうである。もっとも、めでたしめでたし、とはならなかった。俺はあれ以来、殿下にわだかまりを抱き続けている。

確かに一層の恩は受けた。上野城攻めの功に一万石、さらに加増を受けて三万石の大名に取り立てられている。しかし、以後どれほど働きを積み上げても、それ以上の沙汰はなかった。日の本の全てを従えた殿下にとって、七本槍の名も無用になったのだろう。

あ、いや。それでも、七本槍を云々されたことはある。罵る時に限ってだが。

唐入《からい》り——朝鮮《ちょうせん》に渡った時などは酷かった。敵の軍船をいつまでも蹴散らせずにいる、おまえは能なしか、七本槍の名が泣くぞと言いたい放題だった。余の水軍衆は外様《とざま》だったせいか、そこまでの叱責は受けていない。叩きやすいところを叩いたのだ。

そこで俺は一か八かの不意打ちを仕掛け、そして大敗した。殿下はわざわざ書状を寄越して罵った。所詮は七本槍の頭数に過ぎぬだの、しつこいだけの青大将だのと、嫌になるほど長い書状だった。

こればかりではない。殿下はいつも言葉の端々に滲ませていた。いてもいなくても同じ男を大名にしてやったのだ。それだけで有難いと思え、と。俺の働きが足りなかったのかも知れぬが、これでは如何に恩ありとて気分は悪い。

だが悲しいかな、天下人には逆らえぬ。飼われる身こそ悔しけれ。いてもいなくても同じという罵声を、忘れずにいることしかできぬ。されど俺にも意地はあって、そのために——。

途端、びくりと身が震えた。今の轟音《ごうおん》は何だ。鉄砲には違いあるまいが、いったい何挺束ねれば、地を揺るがすほどの音になるのだ。

思念を断ち切られ、周りの様子が目に入った。貂《てん》の皮、我が馬印が立っている。俺は床机《しょうぎ》に腰掛け、そう、戦陣にいるのだ。

陣付きの家臣四人が、俺と同じく右前の野、関《せき》ヶ原《はら》に目を凝らしている。見遣《みや》る先には黒地に山道の旗印、ああ忌々しい、市松の陣だ。そして、そして。その後ろに、ひと際大きな金扇の馬印。徳川家康《いえやす》である。馬がひと息に駆け抜けられる辺りだ。いつ狙われてもおかしくないところまで出て来ているとは。

「徳川家康の兵が鉄砲を放ちました。されど、どうも天を指して撃ったような」

家臣のひとりが寄越した声で仔細が知れた。だとすると、これは謀……ではない！

もしや、と思い当たって床机を立つ。すると左手、松尾《まつお》山《やま》に鬨《とき》の声が上がった。小《こ》早川秀秋《ばやかわひであき》の一万五千が山を下っている。足音が、降ってくる。

「小早川秀秋殿、寝返り！　先手衆が山裾に出で、大谷刑部《おおたにぎょうぶ》の陣に攻め寄せております」

伝令が駆け込み、切羽詰った声を張り上げた。小早川にはかねて寝返りが噂されていたが、それは本当の話だったか。

ぞくぞくと、何かが背筋を伝わってきた。

(殿下。あなた様が仰せられたとおり、俺は、しつこい男だったようです)

嬉しくて堪《たま》らない。総身が痺《しび》れる。今こそ——。

「皆々、聞け。これより兵を動かし、大谷刑部の陣を蹴散らす!」

「寝返りを?」

皆が目を丸くした。だが「生き残るためぞ」と返してやると、ひとり、またひとりと辛そうに頷いた。我が思いを汲み取ろうとして、こちらに都合よく勘違いしてくれたらしい。家臣たちは伊賀の藤林ほど慧眼《けいがん》ではなかったようだ。いやいや、それでも藤林とて結局は味方してくれたのだから、どうやら俺には「ここぞ」の運があるようだ。これを思えば、殿下の「やればできる奴」は一面で正しかったのかも知れぬ。

されど殿下、俺は忘れませんぞ。いてもいなくても同じ、しつこいだけの男なのでしょう。ゆえに戦の前から、密かに徳川と通じていたのです。いなくてもよいなら、寝返っても障《さわ》りないはずですからな。あなた様の天下の行く末、冥土《めいど》でゆっくりご覧あれ。

「兵、整えい。前へ！」

槍を――七本槍に数えられた一本を前に突き出し、下知を飛ばす。我が徒歩勢千五百が、わっと声を上げて駆け出していった。

これでいい。しつこい男なら、しつこさゆえの道を行くべし。さあ、仕返しの始まりだ。

あ、それから市松に虎之助。おまえらが愚弄したことも、俺は忘れておらんからな。

# 器

土橋章宏

## 一　秀吉《ひでよし》と且元《かつもと》

永禄《えいろく》十二年（一五六九年）五月の満月の夜、元服《げんぷく》したばかりの片桐《かたぎり》且元は、近江国《おうみ》浅井《あざい》郡須《す》賀《が》谷《たに》に多くある温泉の一つに身を沈めていた。剣術の稽古で負った傷をひそかに癒やすためである。

（入門していきなりあの手練《てだれ》とは、解《げ》せぬ）

且元は顔をしかめた。

立合いの相手を若輩《じゃくはい》と侮《あなど》って対峙《たいじ》したところ、鋭い太刀筋《たちすじ》に押されまくった。かろうじて小手《こて》を取ったものの、同時に肩をしたたかに打たれていた。年下の、しかも入門したての新参者に後れを取ったなどと思われては大恥である。かろうじて痛みは顔に出さなかったものの、そのぶん余計に心に響いた。

且元の父は浅井《あざい》氏に仕える国人領主・片桐直貞《なおさだ》であり、且元が元服前から、剣の巧みな者の下につけ、稽古をさせた。修行を始めてから今年でもう二年あまりになる。弟子たちの中で且元の強さは中の上といったところであった。しかし、目に見えて才のある者の前に立つと、自分の剣など所詮《しょせん》二流であるとわかった。自分が踏み越えるのに一年も費やした壁を、才ある者はひとっ飛びでやすやす越えていく。

（つまり、俺は取るに足らぬ男ではないのか）

そんな思いを振り切るように、頭までどぼんと湯につかった。音が消え、息苦しくなってくる。どこまでも耐えてやろうと思ったが、すぐに耐えきれなくなって顔を出してしまう。体はあがき、生きようとしている。

あさましい、と思った。

ふたたび悄然と湯に顎まで浸《つ》かったとき、がさっという音が近くの木立から聞こえた。

猿か――。

このあたりの温泉には、ときおり猿が傷を癒やしにやって来る。だが夜に来るのはまれだ。注意を向けていると、今度は湯を浴びるような音がした。自分と同じ里の者かもしれない。

（よし、脅かしてやろう）

むらむらと、いたずら心が湧いた。まだ十四歳である。無邪気さも多分に残していた。

木立をすすみ、隣の温泉をのぞく。

――と。

予想外の姿があった。最初は、あまりの白さに幽霊かとも思ったが、どうやら大人の女らしい。長いまっすぐな黒髪が白い体の前面を覆い、胸の下あたりまで届いている。そのつややかな髪の間から、桃色の乳首がつんと突き出していた。

（すごい……！）

旦元は目をこらした。どこの者であろうか。年の頃はもう二十歳を超えていると思われる。里にいる娘たちのような肉置きの張りはないが、月光に照らされた肉体の陰影は艶めかしく、旦元の脳髄《のうずい》を白く焼いた。腰の幅も大きい。

（襲ってやろうか）

こんな夜更けに山奥の湯へ入りに来るなど、もしかすると気がふれているのかもしれないが目の前の肉体がもたらす欲求には逆らえなかった。祭りの夜、村の小娘と何度かまぐわったことはあったが、これほどの渇望はなかった。

（まずは声をかけるか）

踏み出しかけたとき、女の後ろから男が現れた。且元は危うく踏みとどまった。男の顔には見覚えがある。

（あれは浅井の御殿様ではないか）

父の主君、浅井長政《ながまさ》である。元服したときにお目見えしたが、その彫りの深い顔をよく覚えていた。

とすれば、女性は織田信長《おだのぶなが》の妹でもあるお市《いち》の方か。なるほど名に聞く美人である。顔も麗しいが、体も瑞々《みずみず》しい。天女《てんにょ》の化身《けしん》のようにも思えた。

且元のいるこの須賀谷は、浅井長政の本拠・小谷《おだに》城と山続きで、支城の一つとして機能するとともに、湯治場《とうじば》としても利用されている。だがまさかこの夜更けに、長政自らが来ようとは。且元は逃げようと後ずさった。きっと護衛の者も来ているだろう。領主の妻の裸体を盗み見たと知られれば、どのような罪に問われるかわからない。もう少し気づくのが遅ければ、且元は襲いかかっていたかもしれなかった。

（君子危うきに近寄らずだ）

だが、長政の意外な言葉に足を止め、耳をそばだてた。

「信長殿とは争いになるかもしれん」

湯に体を沈めた長政は、今や後ろからお市を抱き、髪の下に手を入れ、乳首を指で弄《もてあそ》んでいる。

「えっ!?」

お市が驚いたように振り向いた。

「朝倉《あさくら》を攻める気配がある。我らは長年、朝倉とよしみを通じているのだ」

「さようですか……」

「されどわしはそなたを手放しとうない」

長政が強くお市を抱いた。

「私はあなた様のものです。こうなれば兄も関わりはありませぬ」

「そうか……。そなたの心を今一度、確かめられてよかった」

長政はほっとしたようにお市の豊かな髪に顔を埋めた。

(織田と戦《いくさ》になるのか)

且元の体を熱い血が駆け巡った。お市の方は織田と浅井の同盟の象徴であるが、浅井が織田を裏切れば、配下たる且元も織田軍と戦うことになる。浅井家は六角《ろっかく》家と戦ってから七年の間、つかの間の平穏を過ごしていたから、若い且元にとっては初めての戦だ。織田軍は果敢な攻めで知られている。血で血を洗うような激しい戦となるだろう。

（俺はいかほどの働きができるのか）

期待と不安が入り交じる。まだ戦がどのようなものかも知らない。

（そうだ。剣がだめなら槍はどうだろう。槍なら長い分、手柄も早い）

且元は足音を殺して温泉をあとにすると、次の日から熱心に槍の稽古を始めた。


翌年、織田と浅井は衝突した。

且元が聞いたとおりになったのである。

信長は徳川家康と共に朝倉方の城を攻め、長政は朝倉との盟約により、織田軍を後から急襲した。挟撃されると見た信長は急ぎ軍を返し、殿《しんがり》の木下《きのした》秀吉らが金ケ崎《かねさき》の退き口で奮戦して、ようやく難を逃れたものの、義弟の浅井を激しく憎むこととなった。

その年の六月、信長が雪辱を期した姉川《あねがわ》の戦いが起こる。

この戦で、且元は初めて出陣した。

（いよいよだ）

敵の雄叫《おたけ》びが聞こえると、心が縮こまり、視野が狭くなった。死ぬかもしれない、という緊張を押し殺すため、且元もがむしゃらに声を上げて突っ込んだ。無我夢中で槍を振るう。

だが、敵兵に浅手を負わせるだけで、倒すには至らない。逆に敵の槍が鎧《よろい》を叩いたとき、我を忘れて、しゃにむに槍を突いた。それは攻めるというより、防ぐような恰好になったが、足早に突進してきた男が出会い頭に且元の槍に突き刺さり、血をふりまいて倒れた。その顔が苦悶に歪《ゆが》んでいる。

「死にたくない……。斬らないでくれ！」

男は体を丸めたが、味方の者たちが容赦なく突き殺す。

(きっとこいつも怖かったんだろう)

それゆえ我を忘れて、突っ込んできたにちがいない。且元は敵ながらひそかに同情を覚えた。

が、すぐさま、敵の猛将・氏家卜全《うじいえぼくぜん》が馬の上から名乗りを上げて迫ってきて、甘い心は消し飛んだ。

あまりの迫力に槍を捨てて逃げたくなる。

(俺は戦に向いていないのかもしれない)

且元は声だけ上げて少しずつ後ろに下がった。

卜全が馬を返すと、今度は魚鱗《ぎょりん》の陣を組んだ一団がゆっくりと当たってきた。猛将が飛び出してくるわけでもなく、飛び道具も数えるほどしかない。

（しめた。これは弱兵だ）

体が熱を帯びた。近くにいる味方も声を上げ始める。且元も今度こそ手柄を立ててやろうと走り出した。

「待て、助作《すけさく》！」

後ろから剣の師匠の鋭い声が聞こえた。助作とは且元の幼名である。

だが、もう止まらない。恐怖を振り払うためには進むしかなかった。他にも十数人が横を走っているのが目の端に映った。

すぐに敵兵と当たると思ったが、意外にも魚鱗の中心が大きくへこみ、いつまでたっても且元の槍は届かなかった。逃げているわけではない。左右に分かれた敵軍は、両腕で包み込むように後ろへとまわりこんでいく。

統率の取れた動きは、まるで舞踊を見ているようであった。

「囲まれたぞっ、引けっ！」

味方の一人が叫んだ。そのときにはもう敵軍の動きは驚くほど速さを増している。

敵の中に孤立すれば負けは明らかだ。それは新兵の且元にもよくわかっていた。

すわ、とすぐさま取って返したが、張り巡らされた敵兵の陣にはまったく隙がない。その上、敵兵は徐々に輪を縮めてくる。斬り破るのは至難の業《わざ》だろう。外側にいる者から順に、槍で突き殺されていった。

（ああ、やられる……。俺はここで死ぬのだ）

且元が嘆いたとき、敵軍の囲みへ外側から味方が奇襲をかけた。浅井三将の一人・赤尾《あかお》清綱《きよつな》の攻撃である。敵軍はそれをいなし、すばやく囲みを解いて一列となり、ふたたび魚鱗の陣を形成した。よく調練されている。

「大事ないか！」

清綱の呼びかけに且元は頷くことしかできなかった。九死に一生を得た体が震え始める。いつのまにか股間も濡れていた。

「あれは木下の軍だ。油断すな！」

清綱が叫んだ。

織田勢の中でも、明智《あけち》や柴田《しばた》の軍は、猛将が進み出て名乗りを上げ、戦うことが多い。しかし木下秀吉の軍は統率のとれた動きを旨とし、個人の力というよりも、集団で囲みこんで敵を討つことに重きを置いていた。

木下軍はなおも間近にいて、乱れのあるところをついてくる。弱き兵団を群れで囲み、群れで襲う。逃げるところを後ろから追って、動きの乱れた強き兵まで巻き込んで屠《ほふ》る。おそろしく動きが速かった。

（このような戦い方があるのか）

旦元の脳裏に強烈な印象が残った。

浅井と朝倉の連合軍は織田方と互角に渡り合った。しかし家康が浅井朝倉連合軍の陣形が伸びきっているのを見抜き、側面から崩したところでついに勝負は決した。

「火花を散らし戦ひければ、敵味方の分野は、伊勢《いせ》をの海士《あま》の潜《かず》きして息つぎあへぬ風情《ふぜい》なり」（火花を散らすような戦いとなり、敵も味方も、伊勢の海士が海に潜りなかなか息つぎができないほどの風情であった。『信長公記』より）という血みどろの争いを経験した旦元はその後、天正《てんしょう》元年（一五七三年）の一乗谷《いちじょうだに》城戦まで転戦したが、手柄を立てることはほとんどなかった。どうしても臆してしまう。己がとても名だたる将になれないことがよくわかった。肝《きも》が細い。武田信玄《たけだしんげん》の急逝もあり、運命は織田方に微笑んだ。

長政のいる小谷城は抗戦虚《むな》しく落城した。旦元は敗走しながら、自らの行く末を憂《うれ》えたが、それ以上に、「あの美しいお市の方も亡くなったか」と、ひどく落胆した。

そして痛切に思った。

(負けはよくない)

負ければすべてを失ってしまう。城も所領も姫も。浅井の没落は且元の中に深い傷を残した。

(とにかく負けてはだめだ。そのためにはもっとも強きものを見つけ、そこにつくしかない)

浅井氏に替わって長浜《ながはま》城主となり、多くの人材を募っていた秀吉の呼びかけに、流浪した且元が応じたのは自然の成り行きだった。且元は秀吉の軍の驚くべき動きを見ている。自分が抜きん出るには、あの軍に入るしかないと思った。

秀吉に仕官を望んだ者は、琵琶湖《びわこ》岸の砂浜に集められた。

五十名ほど集まった者たちと固まって待っていると、貧相な着物をまとった小男が、十人ほどの兵を引き連れてやってきた。

「よう来たなぁ、おんしら」

男が気軽に声をかけた。間の抜けたような気持ちになって、誰も返事しないでいると、

「控えろ！　木下秀吉様なるぞ」

と、横にいた若い男が大声を上げた。佐吉《さきち》こと、のちの石田《いしだ》三成《みつなり》である。

且元は慌てて頭を下げたが、少々がっかりもしていた。

（これが秀吉か。覇気がまるで感じられぬ。こんな猿のような顔をした男についていいのか？）

そんな迷いも湧いてくる。しかし且元とて面相では人のことを言えない。

（むしろこの男が上に立てば、気後れを感じなくてよいかもしれぬ）

まわりの者もやや戸惑いながら控えている。

「まあ楽にのう。たとえ浅井方やら朝倉方にいたもんでも、わしのところに入れば区別なしよ。力のある者を使うからよ。さ、そっちに寄れ」

元浅井家の家臣、大野治長《おおのはるなが》が且元たちを誘導し、砂浜の片隅に集めた。浪人たちの前に長々と一本の線を引く。

「構え！」

佐吉の声が遠くから響いた。

（構えって、どういうことだ？）

槍を構えるにしても、まわりは人だらけである。

「早くせんか！　向こうの線まで走るのだ」

治長が横柄《おうへい》に言う。見ると、向こう側にも一本の線が引かれていた。

「これはいったい……。剣の腕は見てくださらんのか」

浪人の一人が不服そうに言った。

「我が軍は用兵の妙で勝つ。剣より足が大事。それも知らぬのか」

治長が尊大に答えた。

(相も変わらず嫌な奴だ)

言い方がいちいち横柄である。その上、鼻筋がすっきりとして見た目がよい。負けることを知らぬといった風情である。

「お主《ぬし》は何をぼうっと突っ立っている。負けてもよいのか」

治長に言われて我に帰った。今は仕官できるかどうかの瀬戸際である。

皆が迷う中、且元は槍を地面に捨てた。そして線ぎりぎりに立つ。

(この軍なら、自分は猛将でなくてもよいのだ)

且元は向こう側の線をにらみつけた。他の者たちも覚悟を決めたようだ。

「走れい!」

佐吉の号令がかかって、浪人たちはいっせいに走り出した。しかし足が重い。踏み出した足が、砂浜に深く沈む。

仕官を目指す者たちは意外な苦しさに悪戦苦闘した。そして且元は、己の足がそんなに速くないことを悟った。最前列にいたのに、見る間に追い抜かれていく。

（くそっ！　俺は剣も足もだめなのか）

だが、集団を見ると、右側、つまり湖側にいる浪人たちのほうが早く進んでいた。そちらは砂浜が黒く濡れている。

ためしにそちら側に寄ってみると、乾いた白砂ほど足は沈まなかった。濡れ固まって走りやすい。

（しめた）

且元は先頭と距離をつめた。だが向こう側の線に辿り着いたと思ったとたん、

「それまで！」

と、声が響いた。

上位二十名がよりわけられ、何か紙が渡される。仕官がかなったということであろう。且元は二十一番目だった。

（しょせん俺は中の上か……）

且元は悔しさをこらえきれなかった。

「あと少しでした！　もう一度お願い申す！」

こちらに戻ってきた治長に頼みこんだ。もう一度走れるなら、最初から黒い砂の上を走ればよい。

「未練だぞ。勝負はついた」

とりつく島もなく言われた。その物言いが実に腹立たしかった。

「そんな！　俺は秀吉様に仕えたいんだ！」

なおも食い下がった。一番強い者につく。それが負けて滅びないための生き方だ。

治長が煩《わずら》わしそうに眉をひそめたとき、

「おんしは馬鹿きゃあ」

秀吉が笑いながら旦元に近寄ってきた。笑うとなおさら猿のようであった。

「秀吉様！　私はなんとしても秀吉様にお仕えしたく……」

「誰がだめだと言った。おんしもわしに仕えい」

「えっ？　しかし……」

「おんしは真っ先に槍を捨て、一番前に立ったな。なかなか頭が回る。走る道も巧妙に変えていた。おんしは足は遅いが、それでもなんとかしようとした。そこがよい」

旦元は、苦労人の秀吉の好みに合ったようだった。

「すべて見ておられたのですか」

驚いて聞いた。五十人はいた浪人の動きすべてを把握していたのか。

「最初の二十人は精鋭として役に立つ。おんしは足ではなく、わしのそばにおって頭を使え。よいな」

「頭……」

「近習《きんじゅ》になれというてくだされておるのだ。さっさとお受けせんか！」

治長がどやした。

「は、ははあっ」

且元は頭を下げた。

この軍なら兵にならずとも活躍できるのか——。

それから且元は、秀吉を護衛しつつ、普請《ふしん》を担った。戦においては城、砦《とりで》、道と、あらゆる建築がある。

それでも尚、且元は伸び悩んだ。秀吉の元にはさらに優れた男たちがいたのである。同じ年頃の石田佐吉はあきれるほど頭が切れ、とてもかなわぬと思った。さらにその上には竹中半兵衛《たけなかはんべえ》、黒田官兵衛《くろだかんべえ》の両軍師がいる。頭を使ったとしても、やはり中の上といったところである。

（俺の出どころはいったいどこにあるのだ）

無理だとはうすうす感じつつも、且元はやはり名を上げたかった。

そんな中、偶然にも秀吉と大きく接近する機会があった。

天正五年（一五七七年）、越後《えちご》国の上杉謙信《うえすぎけんしん》と戦うよう命じられたときである。加《か》賀《が》では柴田勝家《しばたかついえ》と謙信が、まさにぶつかろうとしていた。

川中島《かわなかじま》の戦いを見るに、謙信は、無敵の騎馬隊を率いる武田信玄とほぼ互角であった。謙信甚《はなは》だ強しとみた秀吉は、謀略を用いた戦を勝家に提案した。軍師の両兵衛とよくよく練った策もあった。だが勝家はそれをあざ笑った。

「猿よ。お前のようにくだらぬ策を弄《ろう》せずとも、正面からぶつかれば勝てるのだ。小心者め。我が軍は四万ぞ」

秀吉の言を端から否定し、居並ぶ諸将の面前でひどく馬鹿にした。

何も言わずに自軍へ帰った秀吉は、陣屋の中で暴れ回った。目につくものすべてを摑んで床に叩きつけた。

ちょうどそのとき、普請の報告に来た且元は、何事があったのかと恐る恐る声をかけようとしたが、肩を摑まれ、止められた。

「軍師殿……」

振り向くと竹中半兵衛がいた。

「なさるがままにしてさしあげろ。鬱憤《うつぷん》は心に残すより放つほうがよい」

「鬱憤、でございますか」

「お主も知っていよう。我が殿は織田家臣の中でも抜きん出ているが、そのご出自ゆえ、余計にそれを気に入らぬ者がある」

「はっ……」

且元もそのことは聞いていた。信長の草履《ぞうり》取りとして成り上がった秀吉だが、もとは百姓である。それゆえ諸将から軽んじられているのだ。

「では今日の軍議でも……」

「うむ。さしずめ柴田殿に何か言われたのであろう。あの方は我が殿をひどく侮《あなど》っておられる。こたびはわざわざ柴田殿のために馳せ参じたのだが」

騎馬による戦も得意とする謙信と戦うため、秀吉と軍師たちは銃装備の工夫を考えていた。且元には持ち運びできる竹矢来《たけやらい》を作らせていたのである。

ところが、知恵を絞って助けに来たのに侮辱された。そうでなくても、このとき秀吉が名乗っていた「羽柴《はしば》」という姓の「柴」は、柴田の名を用いているのにである。そこまでしてもむげに扱われるのだ。

（気の毒なことよ）

暴れる秀吉を遠巻きに見つつ、且元は飛んで来た床几《しょうぎ》の破片や器のかけらをそっと片付けた。

そのとき、

「助作！　おんしゃあ何してやがる！」

秀吉がつかつかと近寄ってきた。秀吉の怒りはおさまっていない。

「あ、あの……。まこと、お怒りはようわかります」

且元の答えは、いっそう秀吉の怒りに火をつけた。

「おんしにわかるか、わしの苦労が！」

ののしる秀吉の唾が顔にかかった。

「も、申し訳ありませぬ！　まるでわかりませぬ！」

「そうじゃ！　わかってたまるか」

「はっ。殿は織田家臣の中でも、もっとも抜きん出ているお方。私などにはとても想像の及ばぬこと……」

半兵衛の言葉をそのまま使いつつ、さらに続けた。

「私もときどき心ない者から、助作ではなく、ぬけ作などと言われますゆえ、ついわかったつもりに……」

「なに、ぬけ作とな？」

秀吉の顔が一瞬固まり、そして破顔した。

「ふひゃひゃ、ぬけ作か！」

秀吉は腹を抱えて笑い転げた。よほどおかしかったらしい。

「殿、そこまで笑わずともよいではありませんか」

「く、く、く、許せ……。しかしぬけ作とはよくぞ言うた。天晴《あっぱ》れなり！」

今や秀吉は目の端に涙をためていた。

「これでも私は悩んでいるのです。生まれつき、何をとっても中の上で、器《うつわ》が小さいのではないかと……」

それを聞き、ようやく秀吉も笑うのをやめた。

「なんの且元。おんしは人柄がいい」

「えっ……。人柄ですか？」

喜んでいいのか、悲しんでいいのかよくわからない。人柄が何かの役に立つのだろうか。

「まあ聞け、ぬけ……、いや、助作。まわりがみな器の大きなものばかりでは疲れるわい」

「はっ……」

「おんしのように、肩肘張らぬでもよい、話しやすい者こそわしには貴重よ。わしは実に良い家臣を持った」

「私が貴重と……」

且元の胸に喜びが広がった。ふだん、何かにつけ凡人だと感じ、その弱さにさいなまれている自分が、秀吉にとっては貴重だというのである。

(そうか。俺は羽柴軍にとって貴重なのだ！)

且元は心が晴れたような気持ちになった。

もっとも、秀吉はたいてい誰にでも耳ざわりのいいことを言う。根が明るく、人の悪いところを見ず、良い点を見つけるのがうまい秀吉は誰に対しても心から褒めている。また、苦労人だけに、自らへりくだることも知っていた。このため家臣たちの結束は家族のように固く、一緒にいて楽しい。領民からも慕われている。

「そういやおんしはまだ槍の稽古をしておるそうだな」

「はっ……。ご存知でしたか」

夜、陣の外に出てひそかに槍をしごいているだけであったが、誰かに見られていたのか。地獄耳である。

「頭を使うだけでは不満か」

「いえ、いや、その……」

「ふふ、まこと不器用者じゃの」

もはや勘気も解け、秀吉はいつもの人なつっこい笑顔を取り戻していた。部屋の外にいる半兵衛も穏やかな表情で且元を見つめている。

役に立ったうれしさのあまり、且元は思わず言葉がこぼれた。

「誰が何を言おうと、最後は殿が天下をお取りになればよいのです」

それは且元の夢でもあった。

「馬鹿！」

秀吉が且元の頭を殴った。思わず首をすくめる。

「いや、あのまことに私は……」

「二度とそのようなことを申すな。右府《うふ》様に少しでもそうと思われたら即座に首が飛ぶぞ」

秀吉が目をむいていた。

「はっ。失礼しました」

「下がれ。わしはもう寝る」

「ははあっ」

且元は慌てて退いた。つい余計なことを言ってしまうのは悪い癖である。

その言葉が響いたのかどうか、秀吉は勝家を助けることなく、兵を撤収し、帰還してしまった。無断の撤退であり、信長からはひどく叱責《しっせき》されたが、意気揚々と手取川《てどり》を渡った柴田勝家は、謙信に大敗を喫した。味方の裏切りから七尾《ななお》城はすでに敵の手に落ちていたのである。秀吉の謀略を用いていれば、気づけたはずであった。秀吉はそのことを信長に、内々訴えていたため、松永久秀《まつながひさひで》討伐に従軍して戦果を上げたときにこの咎《とが》を許された。

そして天正十年（一五八二年）、且元は秀吉とともに中国攻めへと出陣することとなった。このとき且元は二十七歳。信長の天下統一が成れば秀吉も大大名の一人となる。近習の且元もまずまずの禄《ろく》を食《は》むだろう。毛利《もうり》強しといえども、信長は畿内《きない》に足場をかため、公家も押さえていた。あとはどのように毛利と講和するかのみである。まず大戦《おおいくさ》にはならないだろうというのが軍師・黒田官兵衛の読みであった。

ただ、この進軍でも秀吉は家臣団をまとめるのに苦労していた。諸将がなかなか言うことを聞かず、信長の名を持ち出さねば統率も取れない。猿のような顔とその出自はずっと秀吉を苦しめていた。

（むしろ毛利と大戦になり、名を上げたほうがよいのではないか）

且元はそんなことも考えていた。大勝すれば秀吉も侮られまい。自分とて戦で手柄を上げれば、広大な領地を持ち、敵方の美しい姫君を我が物とできる。そう考えると男の血が騒いだ。信長の天下統一は目前である。下克上《げこくじよう》や成り上がりといった武士の夢物語は終わりに近づいていると思えた。もう少し機会が欲しかった。

秀吉の命により、備中高松城《びつちゆうたかまつ》を水攻めにしたのは五月のことである。且元も堤の普請に汗を流した。

かつて三木《みき》の干殺《ひごろ》し、鳥取《とつとり》の渇《かつ》え殺しと、好んで兵糧《ひようろう》攻めを用いた秀吉の策の中でも、高松城の水攻めはもっとも壮大な奇策である。

「殿は偉大だ。見よ、この景色を」

普段は冷静な石田佐吉でさえ、水に浮かぶ城を見て声を上ずらせた。梅雨《つゆ》に入り、高松城は陸の孤島となっている。頑強に抵抗した城主・清水宗治《しみずむねはる》も、もはや降伏するしかないと思われた。

そんなある日、突然、近習たちが全員、秀吉に呼び出された。

六月三日の夜のことである。

「これより京に戻る」

秀吉の声は、どこか疲れていた。

「信長様に援軍を求められますか？」

佐吉が不思議そうに聞いた。

「明智殿がすでに援軍としてこちらに向かっているはずですが」

同じ近習の福島正則《ふくしままさのり》も不思議そうにたずねた。

今や勝利は目前で、高松城は落ちる寸前である。手柄を分けてやる必要はない。

「その明智がよ」

秀吉の目が暗い光を帯びた。

「あの禿《は》げが本能寺《ほんのうじ》で殿を討った。信忠《のぶただ》殿も二条城で亡くなられたとよ」

「えっ⁉」

且元は耳を疑った。あの魔王の化身のような信長が討たれたというのか。長篠《ながしの》の戦で、秀吉の近習として一度だけ言葉を交わしたことがあるが、威圧されるあまり、ほとんど口がきけなかったことを覚えている。

天下をほぼ手中におさめた信長が、明智に裏切られ、討たれてしまうとは。他の者もしばし口がきけなかった。

「どうなさいますか」

元は明智光秀の与力であった脇坂安治《わきざかやすはる》が居心地悪そうに聞いた。

眉を怒らせた加藤清正《かとうきよまさ》が立ち上がった。

「決まっておる！　逆賊、光秀を討ち滅ぼすのだ！」

「右府様のご恩も忘れ、刃向かうとは許せぬ！」

平野《ひらの》長泰《ながやす》も叫ぶ。

「私が一番槍を入れて見せます！」

小姓頭の糟屋《かすや》武則《たけのり》も言った。

且元も遅れじと立ち上がり、何か勇ましいことを言おうとした。だが、何も思い浮かばず、

「うおおっ！」

と、吠えるのみに留まった。しかし心は熱く燃えている。

「まあ待て」秀吉が口を開いた。

「仇《かたき》を取るにしても、京に戻らねばならん。今は敵地ぞ」

「まずは信長様の死を隠さねばなりませんね」

佐吉が素早く言った。

「うむ。主たる街道は官兵衛がすでに固めている。その間に素早く毛利と和を結ぶのだ」

秀吉は近習にそれぞれ指示を与えると、且元のほうを向いた。

「助作！」

「はっ」

「おんしゃあ、道を整えろ。全力で戻るゆえ、道が悪いとどうにもならん。小石も残すな」

「はっ」

「佐吉。おんしは道のところどころに兵糧を置け。飯を食う暇《いとま》はない。わかるな」

「承知。走りながら食えるものを用意します」

「よし」

「殿。夜も走れるように松明《たいまつ》を道に灯しましょう」

佐吉がさらに言った。

「任せる。さいわい我らは足が速い。用意が調い次第、先発隊を出発させろ。和は成ると考えるのだ」

「はっ」

皆が立ち上がった。

「よく聞け、おんしら」

秀吉が且元たちをねめつけた。

「世は再び戦国となる。覚悟せい！」

大喝した秀吉の細い体が何倍にも大きく見えた。

すぐに佐吉が走り出した。且元も慌てて続く。

（また戦になる！）

信長が討たれたというのに、且元はどこか心が浮ついていた。よく考えてみれば、秀吉の上に実力者はいない。信長の縁者はいるが、強き者が世を治めるのが時の習いである。

秀吉はぎりぎりの謀略戦を成功させて毛利と講和すると、神速で京に向かった。奥州驪《しゅうぐろ》と名づけた駿馬《しゅんめ》に乗り、二十五里（約百キロ）を三刻《とき》（約六時間）で駆け抜け、姫路に辿り着いた。

且元も疲弊した体に鞭打って、秀吉とともに、姫路城に入った。秀吉は城内の武器や金銀を残らずみなに分け与え、背水の陣とした。姫路に逃げ帰ることをせず明智を討つ覚悟である。出自という拠り所のない秀吉は、目に見える形で味方を鼓舞する必要があった。且元もそんな秀吉の苦労を見て、ますます奮起した。

(よい御方についた。この方と永遠《とわ》に戦おうぞ)

かたや、明智光秀は織田方の中でも、もっとも由緒正しき家柄である。そんな光秀を、秀吉は山崎《やまざき》の戦いでさんざんに打ち破った。秀吉の謀略と宣伝により、光秀はほとんど味方を得られず、最後は土民に討たれ、惨《みじ》めに死ぬこととなった。柴田勝家も引き返して来てはいたが、着いたときにはすでに秀吉がけりをつけていた。

## 二　賤《しず》ヶ岳《たけ》

信長亡き後の趨勢《すうせい》を決める清洲《きよす》会議が終わり、秀吉の敵は柴田勝家と滝川一益《たきがわかずます》に決まった。ともに秀吉嫌いの武将である。丹羽長秀《にわながひで》は、秀吉に寄った。徳川家康は武田の領地を手に入れ、疲弊した領地を整えながら天下の行く末を傍観している。

「冬の間が攻めどきじゃの」

秀吉は北国にいる勝家が雪に閉じ込められている間、伊勢長島《ながしま》にいる滝川一益と、岐阜《ぎふ》の織田信孝《のぶたか》を攻めた。信孝は勝家が織田家次期当主と担いでいた傀儡《かいらい》である。

勝家は我慢しきれず、まだ雪深い三月に北の領地から出てきて陣を構えた。地の利を知りつくした布陣は鉄壁を思わせる堅陣であった。

　秀吉も南に陣を構えた。およそ秀吉は四万、勝家は二万。数の上では上回るが、お互いに陣立ては頑強で、にらみ合いが続く。

「殿。調略は難しいかと思います」

　佐吉が言った。

「勝家はな。しかし他の者には隙がある。金、地位、領地、あらゆる餌を使い、こちらに引き込むのだ」

「はっ」

　このとき黒田官兵衛は西で毛利を押さえている。よって秀吉は佐吉によく意見を求めた。

　そんな佐吉を見て、且元は苛立《いらだ》ちを覚えた。手取川のときは自分も愚痴の聞き役として役に立ったように思えたが、あれ以来、秀吉はほとんど落ち込むことがなかった。元来明るい性格であるし、打つ手打つ手がぴたりとはまる。考えてみれば、秀吉が明智を討つことができたのは地理的な要因が大きい。関東や越前に派遣されていれば、今ごろ追い込まれているのは秀吉だっただろう。おそろしく運がよかった。性格の明るさや前向きな行動が運を引き寄せているのかもしれない。

もっとも清洲会議においては、信長の孫、三法師《さんぼうし》をかつぐなどの知略もあったから、さらにことがうまく運んだ。勝家や一益のように、武辺一辺倒ではこうはいかなかっただろう。

（その点、俺は今ひとつ根が暗い。しかも力は中の上。人柄以外に何か秀でるものがあるとよいのだが）

旦元は窓から外を見つめた。賤ヶ岳にはようやく春の緑が芽吹いてきている。

「どうした旦元」

秀吉の声が飛んだ。

「はっ。いや、柴田が攻めてくればよいなと……」

とっさに答えた。勝家は山岳戦に強く、秀吉は平地での戦に強い。勝家が出てくれば秀吉が有利となる。

「祈るな。祈ったら負ける。戦は常に己で動かせ」

「己で動かす？」

「そうよ。岐阜に行く」

「えっ？」

「岐阜の信孝を討てば勝家の味方は減る。勝家の砦は籠城と同じよ。援軍のない籠城ほどみじめなものはない。岐阜を叩けば勝家は窮す。一益を叩けばさらにきつい。しかし焦って出たらこちらの思うつぼ。この王手飛車に、どこまで勝家が耐えられるか……」

秀吉はあるかなきかの微笑を浮かべた。

「殿。何やら楽しそうでございますな」

「そんなことはない」

秀吉は否定したが、やはり勝家への復讐心はあったのだろう。自分をいじめた者が窮すのを見ることほど楽しいことはない。秀吉はたっぷり時をかけて策を練り、ほうぼうに使いを出していた。秀吉の書状は槍よりも効く。その矛先は誰に向かっているのか。

四月十七日、秀吉は賤ヶ岳を発った。二万の軍を割いて岐阜へと向かい、翌十八日には、氏家行広《ゆきひろ》らに岐阜城下へ火を放たせ、民を遠ざけた。同時に長良《ながら》川で鵜飼《うかい》に鮎を捕らせ、塩焼きにして将兵たちに振る舞う。かつてこの地で信長は鵜飼いたちそれぞれに鵜匠の名称を授け、鷹匠と同様に遇したが、秀吉も同様の待遇を約束した。戦だけでなく、そのあとの政《まつりごと》まで秀吉は視野に入れていた。明日、十九日は総攻撃になるだろう。

且元が、まだ小ぶりな焼き鮎を肴《さかな》に酒を飲んでいると、じゅっという音がした。腕に滴《しずく》が落ちる。

「なんだ？」

見上げると、天が急に暗くなり、雷鳴が轟《とどろ》いた。すぐさま大粒の雨が落ちてくる。夜半には揖斐《いび》川が氾濫《はんらん》する騒ぎとなった。

「これでは川を渡れませんね」

陣屋とした寺の一室で、加藤清正が悔しそうに言った。

「ならば今宵は宴《うたげ》じゃ。美女を呼べ」

秀吉は陽気に言った。

「はっ、さっそく」

大野治長が如才なく席を立った。

(女か)

且元も心が躍った。戦の前の昂ぶったところで女を抱く喜びはこたえられない。死ぬかもしれぬと思うと、股間は猛った。

だが宴のあと、且元のところに伽《とぎ》に来たのは、ひどく痩せた女だった。

(なんだこれは……。あばら骨が刺さりそうではないか)

座敷には美女がかなりいた。なのにこれとは差配《さはい》が悪い。女の差配が悪い男は皆から静かに恨まれるものだ。

(もしや治長か?)

治長はいつも、要領の悪い且元を冷たい目で見ていた。今夜も、自分のことを軽く見たに違いない。確かに且元は冴《さ》えないが、他の者たちと同じく、いや人一倍、女は好きだった。むしょうに腹が立つ。戦になったら間違えたふりをして、やつの腕の一つでも切り落としてやろうか――。

「あの、何をやっているんですか。することをして、早く帰らせてくださいまし」

女がつっけんどんに言った。

(醜《みにく》いくせに愛嬌もない。なんという女だ)

心の底からがっかりした。女に背を向けてふて寝し、

「ちょっと腹が痛《いと》うての。もう帰ってもよいぞ」

と言う。

「あら。そうですか」

女が初めて嬉しそうな声を出し、取ってつけたように、

「薬、もらってきましょうか?」

と、聞いた。

「いや。いつものことだ。明朝、糞《くそ》をすれば治る」

早く追い払いたくて言うと、

「まあ、汚いこと」

と、女は早足で出て行った。

「明日はきつい日だ」

一人になると、自分を慰めるようにつぶやいた。明日は渡河のため、橋の普請を工夫せねばならない。船をつなげるか、それとも人の手をつながせ、鎖とするか。そんなことを考えながら、且元は隣の部屋の嬌声を無視して目を閉じ、なんとか眠りについた。

雨は翌日も降り続いた。夜が明けてすぐ、且元は川のようすを見に出かけた。土地の者に、川幅が狭く、なおかつ浅いところをたずねる。

昼前には軍を渡河させる段取りを、ほぼ終えていた。

(誰よりも働き、殿に褒められたい)

ひたむきになるのはその一心からである。且元は、いさんで報告に行った。

昼どきになってようやく起きてきた秀吉は、飯を食いながら旦元を迎えた。

「殿！」

「雨はまだやまぬか？」

「はっ。ですが渡る準備はすでに……」

そこまで言ったとき、賤ヶ岳からの急使が駆け込んできた。

「殿！　大変に……、大変にございます！」

よほど急いだのか、使いの者の息がひどく荒い。

「何かあったか」

「佐久間盛政《さくまもりまさ》が余呉湖《よごこ》を迂回し、大岩山《おおいわやま》に攻め込みました」

「なに、鬼玄蕃《おにげんば》が!?」

秀吉が茶碗を取り落とした。

鬼玄蕃こと佐久間盛政は、身の丈六尺（約百八十二センチメートル）の巨漢であり、加賀一向一揆《いっこういっき》を壊滅させた勝家配下の、名にしおう猛将である。

「大岩山の砦は落とされました」

使いの者が悔しそうに面を伏せた。敵は秀吉の陣地のど真ん中に礎《いしずえ》を築いたことになる。これは〈中入り〉と呼ばれる危険な兵法ではあったが、勝家がこれを礎として踏み込めば、秀吉軍がたちまち劣勢になるおそれがある。

なぜ敵方に秀吉の不在がばれたのか。

「殿……」

且元は心配になって秀吉を見つめた。岐阜に来たのは間違いではなかったのか
——。

ところが、秀吉は破顔し、

「我、勝てり！」

と、叫んだ。

「えっ？」

「敵を欺《あざむ》くときはまず味方からよ。誰かがわしの留守を勝家に告げよった」

「けしからぬことでは……」

よくわからなかった且元に、佐吉が横から口を出した。

「この場合はいいのです。殿はそれを見越しておられたのですから」

「そ、そうか……」

「佐吉。すぐに賤ヶ岳へ帰るぞ。わかっておるな、高松城のときと同じよ」

「はっ」

佐吉は弾かれたように立ち上がって、部屋を出た。且元も慌てて続く。

「且元、お前の話はなんだったのだ」

早足で歩きながら佐吉が聞いた。

「それは、渡河の準備ができたと……」

「よけいなことを。すぐさま大返しにかかろうぞ」

「む……。そうだな」

努力が水泡に帰して落胆したが、ともかく勝家軍が出てきたのだ。明智光秀と雌雄《しゆう》を決したときのように、大急ぎで戦場に戻らねばならない。

且元は道をならしつつ、近辺の郷士が柴田と通じたとしても、その勢力から軍を守り抜けるよう要所に砦を築く。また、難所となる坂道では、道の真ん中に石を埋め込んだ。坂で滑らぬ工夫である。輜重《しちょう》の両輪には障《さわ》らぬよう注意して配置する。佐吉は付近の民に金をたっぷり与え、米と薪を供出させて細かくその分量を計算した。一度実行した策である。前よりもうまく事は運んだ。

それにしても、と且元は思う。雨が降らず、岐阜に攻めこんでいれば、たやすくは引き返せなかっただろう。退却するところを信孝の軍につけ込まれていただろうからだ。高松攻めのときは講和したあとに堤の堰を切ってあたりを水浸しにし、敵の足止めをした。しかるに今は大雨で氾濫した揖斐川が勝手に信孝の足を止めている。なんという幸運か。

(殿に仕えたのは間違いではなかった)

そこだけは且元も幸運であった。運がなくとも、幸運の者を見つけてそばにいればいいのかもしれない。且元は秀吉に感謝した。

しかも且元の知らないことであったが、賤ヶ岳においては、鬼玄蕃が攻め込んだあと、ちょうど味方の丹羽長秀の軍勢が琵琶湖岸に着き、大岩山のとなりにある桑山重晴《くわやましげはる》の陣地に加勢していた。重晴は退却するつもりだったが、長秀のおかげで踏みとどまった。

勝家はさすが歴戦のつわもので、嫌な予感を覚えて盛政に引き返すよう何度も使いを送っていたが、盛政は大岩山に陣取ったまま動かなかった。盛政なりに勝算があったのかもしれない。しかし秀吉は敵の予想をいつも上回る男であった。

二十日の夜には、ほぼ全ての秀吉軍が賤ヶ岳付近に戻っていた。十三里(約五十二キロ)を五時間で駆け抜ける神速である。中国大返しの経験が生きたことは言うまでもない。夜目にも鮮やかな松明の列を見て勝家の物見は恐慌を来した。秀吉の中国大返しはもはや伝説となっている。佐久間盛政はまだ、秀吉軍のまっただ中にいた。

「盛政の引き際を叩け。清秀《きよひで》の仇を取るのだ！」

秀吉は叱咤の声を飛ばした。中川《なかがわ》清秀は大岩山で果敢に戦ったものの、全軍討ち死にしていた。その弔《とむら》い合戦である。秀吉軍の士気は上がり、不眠不休で大岩山を落とした盛政の兵は疲れ始めていた。

深夜、盛政は撤退を開始し、秀吉の軍はそれを追った。

だが、さすがは鬼玄蕃と呼ばれただけあり、殿《しんがり》も強かった。戦っては引き、引いては戦う。銃の使えぬ間は、抜刀隊が斬り込んでくる。その戦いぶりのうまさは、秀吉に長篠の戦を思い出させた。銃と剣の組み合わせが見事である。

勝家の甥、柴田勝政が出てきて援護するに至り、盛政の軍はほぼ無傷で撤退してしまった。

「さすが盛政。敵ながら天晴れ」

秀吉がにこりともせずに言った。

「さらに追いますか」

「追うなら勝政のほうよ」

秀吉は軍を待機させた。両軍、互いに頃合いを見計らっている。

日が昇り、勝政軍はゆっくりと退却を始めた。

「虎《とら》、市松《いちまつ》。戦備えをせよ」

「はっ」

加藤清正と福島正則が立ち上がって槍を取る。二人とも大いに猛り、目が血走っていた。

（ここで手柄を上げれば望みも思いのままだな。勝家の領地は広大だ）

且元は意気上がる二人を見た。他にも加藤嘉明《かとうよしあき》、脇坂安治、平野長泰、糟屋武則らの近習にも次々と出陣が命じられる。

（こうやって才ある者は出世していくのか）

諦念《ていねん》を胸に、目を細めて出て行く近習たちを見ていたとき、秀吉から声が飛んだ。

「助作！　おんしも行け。なにをぐずぐずしとる」

「えっ……」

且元は驚いた。自分もそれなりに鎧を着ているとはいえ、担うのはほとんど普請のほうである。

「……いいのですか!?　行っても」

「槍の腕を試したかろう」

「あっ……」

確かに毎夜槍を振るっていた。といっても、槍全般を稽古しているわけではなく、最初のひと突きだけである。敵の大将を突いて手柄を上げる幻想を夜ごと抱いていた。敵の顔は且元を下に見る佐吉や、傲慢な大野治長、あるいは昔剣で且元を打ちのめした新参者のときもあった。

「助作。手柄を上げれば褒美はでかい。城も女も思いのままぞ。今こそ、長き鬱憤を晴らすときよ」

秀吉が大きく笑って背中を叩いた。

（殿は俺の心をすべて見通されていた！）

思わず目が潤んだ。

「必ずや、手柄を立てて見せます！」

且元は早足で部屋を出ると、自分の長持に手をかけた。そこには妻が整えてくれた細かい戦備えがあるはずだ。

開けてみると、華麗な銀の切割柄《きりさきえ》弦《づる》の指物《さしもの》が目に飛び込んできた。自分と同じように冴えない顔の古女房が、且元のためにと整えてくれた指物には、ぴんと糊がきいている。

（ういやつ！）

美女は数あれど、且元にひたすら情を注いでくれるのは古女房だけである。且元は「これで仕方なし」と思っていた女房に、初めて熱い想いを抱いた。

指物をつけたとたん、すぐに秀吉の号令がかかった。

目の前には、秀吉軍の猛攻に隊列を乱して急ぎ撤退する勝政軍がいる。

(俺はここで名を上げる!)

且元は他の近習たちとともに賤ケ岳を駆け下りた。今手柄を立てねば一生輝かぬままである。このまま凡人で終わるなら、死んだほうがましだ。ともに走る清正や正則も目の端に映る。

死を覚悟した者と死を恐れぬ者、どちらが速いか。

目の前には鬼玄蕃の配下として勇名を轟かせた拝郷家嘉《はいごういえよし》がいた。まさに猛将である。単身、秀吉軍の中に飛び込み、縦横無尽に槍を振るって次々と味方を突き伏せている。

しかし秀吉軍は統率を乱さず、龍のごとく家嘉を取り巻いた。その顎《あぎと》となったのが正則と且元だった。

「やああっ!」

全身全霊の気を込めて、且元は槍を突いた。毎夜稽古を重ねた槍のひと突きは、虚仮《こけ》の一念の鋭さを以て家嘉の鎧の隙間に潜り込んだ。家嘉はこらえきれず、わずかに苦悶の声を上げ、膝をつく。

（まさか……。まさか俺がこいつを倒した？）

呆然と家嘉を見下ろしたとき、正則がとどめの槍を突いた。家嘉は倒れ、正則はのしかかって首級《しるし》を上げる。

（しまった！　首を取るのを忘れていた！）

後悔したが遅い。家嘉の首は正則の腰袋にしっかりと納まっていた。

（他にいい首はないか！）

もみ合うような戦に飲み込まれ、且元は奇声を上げつつ奮戦した。近くでは加藤清正は敵に内通した山路《やまじ》正国《まさくに》の首を取り、糟屋武則は宿屋《やどや》七左《しちざ》衛《え》門《もん》を突き殺した。

このとき、勝政の後ろ盾に陣を張っていた前田《まえだ》利家《としいえ》が突如軍を引いた。秀吉の謀略の決め手は、利家であった。秀吉と勝家との板挟みになった利家はどちらにも味方せず引いたが、趨勢は決まった。

敗走した勝家は北ノ庄で自刃し、ついに秀吉は天下人となった。

「ようやった！　おんしら、ようやった！」

手を叩いて且元たちを迎えた秀吉は、戦後さっそく褒美を与えた。

且元は一番槍の功を認められて、賤ヶ岳の七本槍のひとりに数えられ、摂津《せっつ》国内に三千石を与えられた。

ついに且元は秀吉配下の大名となったのである。

秀吉としても、その出自ゆえ名の通った家臣がおらず、賤ヶ岳にて手柄を立てさせ、有力な家臣としたかったのだろう。

「他に望みがあれば、なんなりと申せ」

秀吉は上機嫌で言った。

「それでは一つだけ……」

且元は遠慮がちに口を開いた。

「そのような気の小さいことでどうする。おんしはこれから天下の大名ぞ、もっと堂々とせんか」

「はっ……。では申します。茶々《ちゃちゃ》様を我が側室に頂きとうございます」

「なに!?」

秀吉が目をむいた。

「大名ともなれば側室があってもよいかと……」

且元は期待をこめて秀吉を見た。あのお市の方の娘なら、やはりとてつもなく美人だろう。

「ならぬ」

秀吉は言った。

「えっ？　今、望みがあれば、なんなりと申せとおっしゃったではありませんか」

「しかしなぜ茶々なのだ」

「実は幼きころ、私はお市の方様をお見かけしたことがあるのです。そのときよりずっと、その美しい姿が心を離れませぬ」

「なに？　お主、お市様に会うたことがあるのか」

秀吉が身を乗り出した。

「あるところでお見かけして……」

「どこだ。はっきり申せ」

「それは……、山の湯です。故郷の須賀谷の温泉に、長政殿と来られておりまして」

「裸であったか」

「はい。一糸まとわぬまま……」

「どうであった？」

秀吉の目が異様に輝いた。

「は……。それはもう、天女と呼ぶにふさわしい、肌の白さで。襲おうかと思うたほどであります」

思い出して陶然としたとき、秀吉が且元の頭を殴った。

「おのれ、成敗してくれる！」

秀吉は脇差《わきざし》を抜いた。

「な、なんとなされます！」

「お市様をそのような目で見、なおも得意げに語るとはこの不届き者め！」

「殿が言えとおっしゃったのではないですか！」

「この果報者めが……」

秀吉は悔しそうに脇差をおさめた。

「私とて、この手に触れたわけではありませぬ。見ただけですから……」

「しかし惜しいのう」

秀吉は目を閉じた。かねてから秀吉はお市の方に懸想《けそう》しており、長政の次に再嫁《さいか》した勝家とともに自害したのが残念でならなかったのだが、且元は知らなかった。

「そのようなことがありましたので、茶々様をぜひ」

「ならぬ！」

「何ゆえでございます！」

「あれはわしの側室とするからじゃ」

秀吉が目をそらして言った。

「なんと……！」

旦元は啞然《あぜん》とした。これでは同じ穴の狢《むじな》である。

「ずるうございます！」

「控えよ！　おんしは誰の家臣じゃ」

「そんな……。では初《はつ》様をもらうわけには？」

なおも食い下がった。

「馬鹿者！　いいかげんにせよ。長女がだめだから次女とはずうずうしい」

「うっ……」

旦元は失望した。あの白き肌はやはりこの手にできないのか――。

「旦元よ。古女房を大事にせい。あの美しき指物を整えてくれた女房をな」

「はっ……」

またも見透かされていた。しかし、一度は夢を叶えてみたかった。

## 三　大坂城

時は過ぎ、秀吉亡きあと、且元は魂が抜けたようになった。最期《さいご》を見取ったのも且元である。道作奉行として成果も上げ、朝鮮へも出征したが、肝心の殿がいなくなっては何もかも虚しい。凡人たる自分を、「貴重だ」と言ってくれた天下人が目の前から永遠《とわ》にいなくなったのだ。豪華な大坂城にいても心はうつろである。

それでも且元は秀頼《ひでより》の傅役《もりやく》としての務めに励んだが、家康の台頭に心は騒いだ。秀頼が伏見《ふしみ》城から大坂城に遷《うつ》る際、大坂に自邸の無い徳川家康を且元の屋敷に二晩泊めたとき、酒を飲みつつ語り合ったが、その包み込むような度量の広さに脅威を感じた。どこか秀吉と似ている。家康もまた苦労人であったらしい。

(家康殿と互角に対峙するには、よほどの器がなければならぬ)

且元はそう見極めた。秀頼にはさほどの器があるかどうか。また、たとえ器があっても苦労がないと強くならないのではないか――。

もはや豊臣恩顧の大名たちもみな家康に鞍替えしている。器が足りなければ強い者になびくのがもっともよい。

あの怜悧《れいり》な佐吉は最後まで豊臣方として戦い、露と消えた。今思えば、あれが本当の忠義というものかもしれない。冷たい奴だと思っていたが、案外不器用な男だったのか。

且元も西軍についたが、それは茶々のためであった。幼きころの、お市の方への思慕の念は今もなお消えていない。

戦に負けて長女を人質として家康に差し出した且元は、家康とのよしみを頼りに徳川家と豊臣家の調整に奔走し、褒美として大和《やまと》国竜田《たつた》二万八千石を与えられた。どうやら家康は凡庸な且元を気に入ったらしい。

だが、それが裏目に出た。

慶長《けいちょう》十九年（一六一四年）に起こった方広寺《ほうこうじ》の鐘銘でのいさかいでは、秀頼を守ろうとするあまり、「秀頼が江戸に参勤する」などの大幅な譲歩の案を提示したが、かえって味方から家康の手先と疑われ、暗殺するとの話まで聞こえてきた。

困り果てた且元は、ついに、淀殿《よどどの》に直訴した。

「私は殺されそうでござりまする」

且元の声にはどこか甘さも混じっている。

（好きだから、きっとわかってくれる）

生涯思い続けた浅井家の姫であった。

「じゃが家康に、ああまで籠絡されてはのう」

淀殿は冷たく言った。

「違います！　秀頼は……、秀頼はあなたと私の子ではないですか！」

且元は叫んだ。それこそ墓場まで持っていこうと思っていた秘密である。ことここに至っては持ち出すのも仕方がない。


さかのぼること文禄《ぶんろく》二年（一五九三年）、朝鮮遠征から戻ったおり、茶会に出ていた秀吉のかわりに、且元は淀殿の相手をつとめた。そのとき、大陸での戦の話をし、

「敵地で土民の猛攻に遭って死にかけたとき、憧れていたお市の方様を思い出した」

と語ったのである。

「今となればおそれ多いのですが、殿にも茶々様を私にくださいと言うたのですよ」

且元は浅井の姫に対する想いを照れつつも語った。元は浅井家の家臣であるのだから、とも。

淀殿はたいそう面白がり、気を許したのか、

「殿ときたら茶道にうつつをぬかしてばかり……」

と愚痴を言い、大いに酒をあおった。

そのとき、つい、ことに及んでしまったのだ。

且元はあの一度だけの交わりを生涯忘れぬと誓った。秀頼は自分の子である。月を数えてもまさしくそうであった。


「だから私が裏切ることなどありませぬ」

且元は心から言った。茶々ならわかってくれるはずだ。

「そもそも私は茶々様と夫婦《めおと》になりたかった！」

そのまま思いの丈《たけ》をぶつけた。生涯抱き続けた浅井家の姫に対する恋慕《れんぼ》である。

しかし茶々は、ぷっと噴き出した。

「馬鹿を言うな。我は天下人の女ぞ。それに秀頼はお主の子ではない」

「えっ？　しかし、あのとき……」

「そなたがそこまで言うてくれたのじゃから、我も言わねばならぬの。治長じゃ……。秀頼は大野治長の子よ」

「えっ？　ええっ！」

「我の身と心は今、治長のものじゃ」

男と。

「そんな……」

且元はよろめいた。淀殿は自分だけでなく、治長とも睦《むつ》んでいたのか。あの傲慢な男と。

「な、なぜでございます。私ではいけなかったのですか！」

「どうしても我は浅井の血を残したかったのじゃ。天下人としてな。相手が一人では心許ない。それに……」

「それに？」

「お主はその……、さほどようなかった。己だけが満足しおって。まさにぬけ作」

「うっ……」

自分はそんなことまで凡庸であったのか。

「秀頼が誰の子か、おなごにはしかとわかる。お主の子ではない。似てもいない」

「……わかり申した。何度もおっしゃらないでくだされ」

「よし。お主も絶対に口外してはならぬ。よいな」

且元は惚《ほう》けたように頷いて淀殿の間を出た。今まで必死に守り支えてきたのは自分の子ではなく、治長の子だったのだ。

且元は傷心のまま大坂城を出た。

「あそこでございます。あそこが淀殿のおわす御部屋でございます！」

且元が家康の元に走り、大坂城を砲撃したのは、その年も暮れたころである。

翌年、夏の陣で大坂城が落城し、治長から助命嘆願されたときも、すぐさま徳川秀《ひで》忠《ただ》に通報して見捨てた。

もはや何の感慨もわかなかった。

豊臣氏が滅んで間もない五月二十八日、且元も肺病が元で、その生涯の終わりを迎えた。

（やはり我が生涯は今ひとつであった）

且元の全身を重たい疲れが覆っていた。

（されど、俺は戦った。全力をつくした。それだけは言える）

けして手を抜いたわけではなかった。一時は賤ヶ岳七本槍とうたわれ、地位も金も手にした。それで満足すべきなのかもしれない。

されど、と思う。

（まさか淀殿がのう……）

死の闇が近づいてきて、まわりが暗くなる。且元は長いため息をついた。そのとき、どこから秀吉の笑い声が聞こえてきた。

「相変わらず間がぬけておるなぁ、助作」

「殿！」

且元は叫んだ。

「殿どこにおわす！」

「ようやった！　おんしら、ようやった！」

秀吉が近習たちを出迎えたときの、弾けるような笑顔が目の前に現れた。

秀吉だけは己の弱き心をわかってくれていた。

興奮が身をふるわせる。俺の槍はどこにあるのか。

「殿、今はせ参じます！」

且元は心を沸き立たせ、全力であの世に旅立った。

# ひとしずく

矢野隆

深い深い溜息を吐くと、かすかな指の動きにつられるように、掌中の水面に細波《さざなみ》が立った。朱塗りの盃《さかずき》に満たされた酒は、福島左衛門大夫正則《ふくしまさえもんのたいふまさのり》の揺れる心など知りもせず、ひと時の揺らぎなど無かったかのごとく、瞬く間《またたくま》に元の静寂を取り戻した。その醒《さ》めた姿に苛立《いらだ》ちを覚え、乱暴に盃を口につけ一気に呑み干した。生温《なまぬる》い酒は喉を流れて腹に収まると、正則の態度に腹を立てたように、かっと熱を発する。その小生意気さに、口角が自然と緩む。腹の熱が四肢《しし》に行き渡って消えた。今の心地を再び味わいたくて、正則はふたたび盃に酒を満たす。

一人きり。

語らう相手は酒だけだ。開け放った障子戸の向こうに見える上弦《じょうげん》の月を掌中の水面に映し、正則は一人酒に酔う。

気付けば六十四になっていた。近頃では気を入れて数えてみなければ、細かい己の年が解らない。執着することがないからなのか。それとも老いた身の上に、なんの希望も抱いていないからなのか。とにかく気を入れて己の年を数えてみて、膨大な歳月を過ごしてきたことに愕然《がくぜん》とする。

信濃川中島《しなのかわなかじま》二万石。それが正則の所領である。一万石を越えれば大名だ。その二倍の所領なのだから、胸を張って良い。生まれが番匠《ばんしょう》の小倅《こせがれ》である。上出来だ。

しかし世間ではそうは思っていない。

最初に一万石を越える所領を与えられたのは、二十七の時だった。伊予《いよ》今治《いまばり》十一万石。三十五には尾張《おわり》清洲《きよす》で二十四万石。四十の時には安芸《あき》・備後《びんご》二国、四十九万八千石を領する大大名となった。

そんな己が二万石である。世の人が正則の身の上を語る時、零落という語を使いたがるのも無理はない。その通りだと正則も思う。詰まらぬ科《とが》で四十九万石を没収され、越後《えちご》魚沼《うおぬま》二万五千石と信濃川中島の二万石という捨扶持《すてぶち》を与えられた。四年前に家督《かとく》を譲《ゆず》っていた息子が死に、越後の所領は返上したから、残った所領が二万石ということだ。かつては天下の一番槍として名を馳せていた正則である。往時のことを知る者たちからすれば、今の己はさぞ哀れに見えることだろう。

死んだ。

死んだ、死んだ。

誰も彼も死んだ。

正則とともに走っていた者たちは、皆この世にはいない。己一人、生き恥を晒《さら》すようにして生きている。老いさらばえた己にとって二万石の所領など、あろうがなかろうがさほど意味はない。

「起きて半畳《はんじょう》、寝て一畳よ」

清《す》んだ酒に語りかける。

どれだけ多くを望もうと、人が生きるうえで必要な物といえば、雨風《あまかぜ》を凌《しの》げる屋根と、日々のわずかな食い物だけだ。他にはなにもいらない。贅沢《ぜいたく》も貧しさも同じだけ味わってきた正則だからこそ、骨身に染みて解っている。

二万石。

上等だ。

そこまで思いが巡り、ふと考える。

心が満たされているのなら、どうして一人で酒を呑むのか。毎夜毎夜、家臣に酒だけを命じ、月夜であろうが雨の晩であろうが、構わず障子戸を開いて呑んでいる。開け放たれた戸の向こうに見える夜空や庭を眺めながら、満足だ、十分だ、などと幾度も心に唱えているのは何故なのか。

また水面が揺れた。今度は手の動きにつられた訳ではない。正則の心に起こった細波を、酒が機敏に感じ取ったのだ。

酒と正則の付き合いはうんざりするほど長い。物心ついた時には、すでに呑んでいた。飯を口にするよりも多く、酒と交わってきた。だからこそ酒は、誰よりも深く正則を知っている。

「そうであったな」

酒に語りかける。

人に必要なのは寝床と飯かも知れないが、正則はそういう訳にはいかない。酒がなければ、一日たりと生きてゆけないのが正則という男である。それを酒の方も知っているから、先刻の心の声を聞いて悋気《りんき》を起こし、かすかに揺れたのだ。

拗《す》ねる女を後ろから抱くように、盃のなかの酒を口中に含む。酒気が満ち、頭が澄《す》んでくる。そうすると、忘れていた昔が老いた頭にありありと蘇《よみがえ》って来た。

酒だ。

もっと酒を持って来い。

叫んでいるのは己だ。が、声が若い。部屋の隅に揺れる灯火のものとは違う、激しく燃える臭いがする。松明《たいまつ》だ。どこかで松明が燃えている。

越前だ。

「今日はどれだけでも呑めと殿が申されたのじゃっ。四の五の言わずに早う持って来いっ」

正則の怒鳴《どな》り声に尻を叩かれるようにして、平野権平長泰《ひらのごんぺいながやす》が人波のなかに消えた。どこもかしこも、むさくるしい男たちでごった返している。戦が終わり、張りつめていた糸が緩んだ所為《せい》か、どの顔も笑顔であった。

柴田勝家《しばたかついえ》が城と共に自害して果て、戦後のごたごたも終わり、長い戦から解放された仲間たちが、勝利の味を嚙み締《し》めている。酒も肴もふんだんに振舞われ、陣所のあちこちで宴が繰り広げられていた。長く苦しい戦いであったからこそ、酒の味もまた格別である。

正則は、賤ヶ岳《しずがたけ》での戦において、先駆けで武功を挙げた者たちと呑んでいた。先刻、正則に酒を持ってくるように命じられた権平を入れて、七人。主の秀吉からは、今度の戦での戦功は、正則を筆頭にしたこの七人だと言われていた。いや、正確には八人だが、もう一人の男はこの場にいない。

己を筆頭に……。

俄然、正則の気は大きくなる。

「さぁ、呑めっ。虎之助《とらのすけ》っ」

偉丈夫《いじょうぶ》である正則に負けず劣らずの体軀《たいく》をした男が手にした素焼きの盃に酒を注ぐ。加藤清正《かとうきよまさ》。正則とは幼い頃からの付き合いである。子のない秀吉のもとで、ともに息子のようにして育てられてきた仲だ。正則は清正のことを、子供の頃から虎之助と呼んでいる。大人になった今でも、それは変わらない。

「御主《おぬし》に言われずとも呑んでおるわっ」

清正が盃を干し、すかさず正則に酌をする。負けてはならじとばかりに、瓶子《へいし》の口が離れると同時に、酒を腹に収めた。そして二人して大口を開き、天に向かって大笑する。すると、目の前で顰《しか》め面《つら》をしていた細面《ほそおもて》が、渋柿をほおばったような苦い顔をしながら口を開いた。

「御主等、少しは自重せよ。殿は存分に呑めと申されたが、ここは敵地であるぞ。修《しゅ》理《り》殿は御自害めされたが、いまだ越前の国人たちを飼い慣らした訳ではないのだ。いつここも、奇襲を受けるか解らんのだぞ」

「んだと」

清正が眉間に深い皺《しわ》を刻んで、男を睨《にら》んだ。

「もういっぺん言うてみぃ、助作《すけさく》ぅ」

凄まれた男の名は片桐且元《かたぎりかつもと》。清正や正則は助作と呼んでいる。日頃から総身に殺気をみなぎらせている清正が、不機嫌を露わにして問うものだから、且元の細い顔が青くなった。

「お、御主等が深酒をすると、誰彼構わず喧嘩《けんか》を売りはじめるであろう。そうなって困るのは儂等《わしら》の方じゃ」

「安心せい、どれだけ酔うても、御主のような歯応えの無い者には、手を出さぬわ」

「ちゅ、仲裁に入る者の身になれと申しておるのじゃっ」

「なんじゃ、はなから相手にされぬと解っておったか」

清正が大声で笑う。

二人のやり取りを聞いている間、正則は手にした盃の凹凸を指でなぞっていた。素焼きの盃にできたわずかなでっぱりが気になって仕方がない。小石のような塊を見つけると、分厚い爪でこそいで落とす。そうしてまた指の腹でなぞっては、新たな小山を見つけて剝《は》がす。癖だった。手にした物のわずかな粗さが無性に気になるのだ。番匠であった父の血が、そうさせるのだろう。木材の表面を掌で丹念になぞり、出っ張りがあれば鉋《かんな》をかける。そうやって父は来る日も来る日も木と戯《たわむ》れていた。母が秀吉の母の妹でなければ、正則も父と同じように木とともに生きていたのは間違いない。

清正も正則と大差なかった。秀吉の遠縁ではあるが、清正の父も職人である。

一方、且元はれっきとした武士の生まれだ。秀吉が近江坂本《おうみさかもと》に所領を得た際に仕官をしてきた浅井《あざい》家の旧臣の出である。物腰の柔らかさや、佇《たたず》まいに漂う品が、清正や正則とは違う。

今までで一番大きな山を爪で剝がし取り、なおも言い争っている清正と且元の間に割って入る。

「その辺で止めておけ。でないと、清正に喰われるぞ助作っ。御主も見たであろう。此奴《こやつ》は崖をころがり落ちても、敵の首を取る男じゃぞ」

賤ヶ岳での戦で、清正は敵将、山路将監《やまじしょうげん》と争いながら崖から転落した。血塗《ちまみ》れになりながら這いあがってきた清正の手には、将監の首がしっかりと握られていた。

「わ、儂は別に清正と……」

「解っておる」

左の腕で身を乗り出す清正の胸を押しながら、右の掌を且元に向け、正則は赤ら顔で言葉を吐く。

「御主と清正では喧嘩にならぬわっ」

正則が笑うと、清正も大声で笑い、乗り出していた身を、どかりと落ち着けた。今度の戦では且元らもともに武功を挙げたが、本当のところで相通じる物を持っているのは、清正だけだと思っている。生まれの貴賤《きせん》だけではない。幼い頃から共に喧嘩をしながら育ったからか、微細な心の動きまでが手に取るように解るのだ。

「なんじゃ、なんじゃ。なにがあった」

両手に瓶子をぶら下げた長泰が、未だ剣呑《けんのん》な気が揺らめく場に戻り、恐る恐る聞いた。正則は丸っこい長泰の顔を一瞥《いちべつ》して、怒鳴る。

「なんでもないわっ。さっさと座って、酒を注がんかっ」

「儂は御主の家来では……」

「俺の盃も空じゃぞ権平っ」

正則の盃に酒を注ごうとしていた長泰の首に、清正が腕を絡めて引き寄せた。酒が零《こぼ》れて、正則の股《また》を濡らす。

「虎之助っ」

「おっ、済まん」

清正も正則にだけは一目置いている。

「ささ、正則殿。此度《こたび》の一番手柄、祝着至極《しゅうちゃくしごく》に存じまする」

酒をこぼしたことなど無かったかのように、清正は長泰の手から瓶子を奪い取り、おどけた調子で正則に酌をする。

「貴殿の働きも見事であったぞ」

正則も調子を合わせて、酌を受ける。

「おい、御主等」

諍《いさか》いが一段落したと見たのか、それまで黙っていた男が六人に語りかけた。脇坂安《わきざかやす》治《はる》。この男も近江浅井家の旧臣なのだが、槍を器用に操り、且元などより使える。

「儂等のことを、賤ヶ岳の七本槍などと呼ぶ輩《やから》がおるそうじゃぞ」

「儂は一番手柄ぞ。御主等とは格が違うっ」

「御主は勘定《かんじょう》に入っておらん」

胸を張った正則に、安治が首を振り、話を続ける。

「正則ではなく、拝郷五左衛門《はいごうござえもん》を討った石川兵助《いしかわひょうすけ》を入れて、七本槍だそうじゃ」

安治の言葉に且元が首を傾げる。

「兵助は拝郷と相討ちになって果てておろう」

「そんなことは儂は知らん。兎《と》に角《かく》、儂等のことをそう呼んでおる者らがおるそうじや」


酔いで頭が冴えてきた正則は、笑いを滲《にじ》ませた声を吐く。

「おい虎之助。御主は六本槍の一本だとよ」

「此奴等と一緒にするな」

「儂が言っておるのではない。皆がそう申しておるのだから仕方がないではないか」

唇を尖らせた清正が、正則を睨む。しばらく睨み合った後、清正がなにかを思いついたように憎たらしい笑みを浮かべた。

「六本槍では締まらんのぉ」

「あぁ、締まらん」

正則が答えると、清正の笑みは、いっそう邪悪になった。

「やはり七本槍でなければ、座りが悪い」

「うむ」

清正が酒を吞む。正則も敗けずに吞む。互いに酌をして、ふたたび吞む。三度吞む。

「にへへへへ」

清正がねばついた笑い声を吐いた。

「ぐふふふ」

正則もくぐもった笑い声を吐く。

二人の間に流れる異様な気配に、他の五人が息を呑む。いったいなにが始まるのかと、身を固くして二人を見守っている。

「死んだ者を入れる訳には行かん。武功を立てておらぬ者では話にならん」

嫌な予感がするが、正則はにやけ面のまま清正の言葉を待つ。

「御主も入れ」

「六本槍にか」

「市松《いちまつ》も入れて七本槍っ。その方が座りが良かろう。皆には儂がそう言って広めてやる」

「ひと山幾らになどなるかっ」

正則が立ちあがると、我が意を得たりとばかりに清正も立ちあがった。心地良い衝撃が正則の頭を貫くのと、清正の頬を己の拳が打ったのは同時だった。

あの頃は、粗末な濁り酒であろうと旨かった。奴等と呑めば、嫌なことも忘れ、楽しくやれた。

若き日の幻は遥《はる》か彼方《かなた》に消え去り、正則の躰《からだ》をふたたび老いの倦怠《けんたい》が襲う。

手の中の酒を口に含む。

あれから時は流れ、良き酒を呑めるようになったが、虎之助たちと呑んでいた時のような心地良さは感じられない。いや、年長じ、互いが大名になった後に虎之助らと呑んだ時でさえ、若き頃のような心地はなかった。

あの時の己は、酒に酔っていたのか。それとも自分に酔っていたのか。

「どちらであろうかのぉ、虎之助」

天に輝く星に向かって、亡き同朋の名を呼ぶ。

若き酒を羨《うらや》んだのはいつのことだったか。もう己があの頃に戻れぬと痛感したのは、果たしていつだったたであろうか。

「伏見《ふしみ》か……」

目の前に座っているのは、黒田家の武士《もののふ》であった。

「仔細《しさい》相解ったと、長政《ながまさ》殿に伝えてくれ」

目の前に座る侍に穏やかな口調で告げると、正則は居並ぶ家臣たちを見た。

「堅苦しい話はここまでじゃ。せっかく母里《もり》殿が参られたのじゃ。今宵は朝鮮《ちょうせん》での話などをして、楽しくやろうではないか」

黒田長政からの言伝《ことづて》のことなど、すでに正則の頭にはなかった。正則が、伊予から尾張清洲城の主となったことに対する祝いであるから、大した用事ではない。目の前にいる男、母里太兵衛《たへえ》といえば、酒豪で知られる猛者《もさ》である。呑まずに帰す訳にはいかない。

朝鮮での不毛な戦では、正則は竹島《たけしま》の代官として各軍の兵糧を輸送するという立場にあった。本国で差配をしている石田三成《いしだみつなり》から送られた兵糧を、あちこちに散らばる仲間へ届けるという、なんとも締まらない務めである。いっぽう清正は一軍の将となり、漢城を攻め落とし、朝鮮深くにまで攻め上った。三成の所為で満足な兵糧すら無い中で、清正は果敢に戦い、異国の敵に名を轟《とどろ》かせるまでの武功をあげたのである。

一年あまりの戦の間、正則の鬱憤《うっぷん》は溜まりに溜まっていた。

やるせない想いはそれだけではない。

正則が貰《もら》い受けた清洲城は、もともと先の関白豊臣秀次《かんぱくとよとみひでつぐ》のものであった。しかしその秀次が秀吉の怒りを受け、高野山《こうやさん》で切腹して果てたのである。正則は福原直高《ふくはらなおたか》、池《いけ》田秀雄《だひでかつ》とともに高野山に向かい、切腹を命じる秀吉の使者となった。その結果正則は、秀次の領地であった尾張清洲二十四万石を得たのである。戦で勝ち取ったのではない。秀吉の使いをして得た領地である。しかも秀吉は、秀次を殺すだけでは収まらず、彼の妻や側室たち、小さき子供にいたるまで、一族郎党を皆殺しにした。そのことがよりいっそう、正則の心を暗くしている。武士を何千何万殺した屍の上に得た領地ならば、一万石であろうと手放しで喜ぶが、女子供を殺して得た領地など、何百万石であろうと嬉しいとは思わない。

朝鮮での戦、そして秀次への所業。幼き頃より父同様に思っていた秀吉の近年の在り様に、正則は憤っていた。

そんな諸々の憂さを、酒豪と名高い太兵衛と呑み明かすことで、少しは晴らしたいと思っている。

伏見の正則の屋敷であった。広間には家臣たちが並んでいる。太兵衛は広間の中央に一人座り、胸を張っていた。年は五つほどしか違わないが、一軍の将として戦に関わり、敵の矢玉から遠ざかっている正則とは違い、いまだ前線で刃を交えている太兵衛である。精悍《せいかん》な覇気が全身にみなぎっていた。こういう男を、正則はなにより好む。

「今宵は帰さぬぞ。覚悟しておけ」

酒肴が運ばれてくるなか、正則は嬉々《きき》として言った。が、太兵衛の顔は曇っている。これから酒宴が始まろうとしている時に、こういう顔をしている者が言うことは解っていた。

「なんじゃ、戻らねばならぬ用でもあるのか」

「いえ」

武人らしい端的な答えである。太兵衛の表情は、なおも硬い。

「具合でも悪いのか」

「いえ」

「申したきことがあるのなら、はっきりと申せ」

圧を込めた声を太兵衛にぶつける。すると黒田の荒武者は、一度小さな咳払いをしてから、正則を見た。

「某《それがし》は主の名代《みようだい》として参っております。それ故、酒は何卒《なにとぞ》御容赦を」

「なんじゃと」

すでに正則の手には盃が握られていた。太兵衛の前にも膳が並べられている。

「儂の酒が呑めぬと申すか」

「申し訳ございませぬ」

かたくなな荒武者の姿を前にして、正則は思わず鼻で笑ってしまった。呑めぬというのを、無理強《むりじ》いする訳にはいかない。

「黒田の武士は堅苦しいの。呑まぬと言う者に無理に勧める訳にもゆかん。が、飯ぐらいは喰ってゆけよ」

「はっ」

武骨に礼をする太兵衛を尻目に、酒宴が始まった。

正則の盃は涸《か》れることはなかった。いくら呑んでも気持ちが晴れない。酔う度に頭が冴えてくるが、泛《うか》んでくるのは気に喰わぬ事柄ばかり。朝鮮での代官。清正の活躍。秀次と一族の死。清洲城。なにもかもが気に喰わない。いっそ全てを投げ出して、番匠にでもなろうかと思うが、三十を越えて鉋ひとつ満足に使えないのでは話にならない。

どうしてこんなことになった。

若き頃はあれほど楽しかったのに。戦えば戦うほど、武功をあげればあげるほど、道が開ける。秀吉に褒められる度に心が躍り、もっと先へ行こうと心の底から思えた。なのに今はどうだ。秀次の首をたずさえ伏見へ戻り、秀吉に拝謁《はいえつ》した。あの時、秀吉からどんな言葉をかけられたのか、どれだけ思い出そうとしても無理だった。褒められたのは確かだが、心は凍り付いてしまってなにも考えられなかった。

清洲の城を与えられたが、次を目指そうとは思いもしない。

心の底に沈殿した黒き想いが、正則を苛立たせる。身中に溜まった怒りを、どこにぶつけようかと思っていた時、目に留まったのは太兵衛であった。端然と座し、静かに箸を動かしている。旨いという言葉ひとつ吐けぬ武骨な武人を前にして、正則の怒りは募ってゆく。

「おい太兵衛」

空いた盃を太兵衛の方へと掲げ、毒々しい声を吐く。挙げたままの盃に、小姓が甲《か》斐《い》甲《が》斐《い》しく酒を注いだ。

太兵衛は動じることなく、澄んだ瞳で正則を見た。その清冽《せいれつ》な姿が、怒りの焔《ほのお》に油を注ぐ。

「御主、黒田家で一番の酒豪であるというではないか」

「さような戯言《ざれごと》、誰が申したのでございますか」

「もっぱらの噂じゃ。のぅ」

家臣たちに同意を求める。怒りの矛先が己に向くのを恐れた者たちが、一斉にうなずいた。強き者にひれ伏すその脆弱《ぜいじゃく》さが、気に入らない。酒を呑み干し、再び太兵衛を見た。

「堅苦しいことを言わず、呑め」

「御許しくださりませ」

「儂が呑めと申しておるのじゃ。呑め」

「何卒……」

深々と頭を下げたまま、太兵衛が固まった。正則の苛立ちが頂点に達する。立ちあがって、盃を投げた。

「呑めと申しておるのが解らぬかっ」

転がった盃が太兵衛の前に置かれた膳にぶつかって止まった。ゆっくりと顔をあげ、太兵衛がじっと正則を見つめる。

「なんじゃ、黒田の侍は酒もろくに呑めぬのか。酒豪だなどと申してはおるが、下戸ばかりの黒田家において、いささか呑めるという程度のことであろう。それ故、他家の宴では、毎回、主の名代であるからなどと申して、断わっておるのであろう」

「福島様といえど、些《いささ》か口が過ぎまするぞ」

「御主、誰に申しておるのか解っておるのか」

「福島左衛門大夫殿にござりまする」

「良う申したっ。おいっ、大杯《たいはい》を持って来い」

小姓に命じる。前髪を残した少年が、素早く退出したかと思うと、巨大な盃を持って来た。受け取った正則は、おぼつかない足取りで太兵衛の前まで歩くと、大杯を膳の上に投げ捨てる。

「福島家一の大杯じゃ。ここに注いだ酒を干せば、望みの物をなんでもくれてやろう。これは儂と御主の戦じゃ。どうじゃ、受けるか」

太兵衛の目が光った。

「戦……。と申されましたか」

「おう申した」

「なれば退くことはできませぬ」

言った太兵衛が大杯を取った。

「先刻申されたことに偽りはござりませぬな」

「儂を誰だと思うておる」

「ならば結構」

半身が隠れるほどの大杯を、太兵衛が両手で掲げた。正則は家臣たちに向かって叫ぶ。

「酒を注げぃっ」

家臣たちが一斉に立ちあがり、太兵衛の掲げた大杯に酒を注ぎはじめる。正則は上座に戻り、盃が満ちるのを待った。すっかり頭に血が上っている。太兵衛を殺すつもりだった。あれほどの酒を呑めば、酔うだけでは済まない。下手をすれば死ぬ。いかに無類の酒好きである正則であっても、ひと息で呑み干す自信はなかった。

宴の席でのこと。太兵衛が呑み過ぎで死んだといえば、長政も文句はいえないはずだと高を括っている。そんなことを考えているうちに、大杯が満ちた。

「では」

酒が満ちた大杯は、かなりの重さである。それを太兵衛は両手でしっかりと支えたまま、正則に浅い礼をした。家臣たちは元の場所に戻り、固唾《かたず》を呑んで見守っている。

黒目が小さい太兵衛の目が、大杯の水面を凝視した。正則は手にした盃を指で撫でる。漆で塗り固められた盃には、凹凸などなかった。それでもしきりに撫でていることに、正則自身気付いていない。

あっという間のことだった。

腹に気を溜めた太兵衛は、一度も縁《ふち》から口を外すことなく、大杯の酒を呑み干してしまった。見ていた者たちも、あまりのことに驚き過ぎて声をあげることすら忘れている。当の正則さえ、太兵衛の見事な呑みっぷりに感心しきってしまい、目にうっすらと涙を浮かべていた。

大杯を畳の上に転がした太兵衛が、ぐらりと頭を振って立ちあがる。赤鬼のごとく顔を朱に染めた武人が、一歩一歩正則に近付いてきた。家臣たちが殺気立つ。正則は手で制して、皆の動きを止める。

太兵衛の目は正則を見ていない。定まらぬ目を虚空《こくう》に泳がせながら、上座の前まで迫った。

「見事であったっ」

正則は叫びで制する。が、太兵衛は止まらない。大股で上座へ昇ると、そのまま正則の眼前まで歩を進める。

「何が望みじゃ太兵衛っ」

聞いていない。

正則はすっかり酔いが醒めてしまっている。太兵衛が横を通り過ぎて、上座の奥へと向かう。躰ごと回した正則の目に、槍を手にした太兵衛の姿が飛び込んでくる。

「な、何をしておる」

太兵衛が手にしているのは、福島家の宝、日本号《にほんごう》であった。天下の名槍として名高いその槍は、秀吉から貰った物である。柄一面に螺鈿《らでん》を施した日本号を、太兵衛の武骨な手が、がっしと摑《つか》んでいた。

「ふぅ……」

深い息をひとつ吐き、太兵衛が正則を見た。

「約束でござりまする故、この槍、頂戴仕《つかまつ》る」

「そ、それはっ」

「福島様との戦に某は勝ち申した。約束の褒美はしかと戴きまする」

ぎらついた良い目だった。

立ちあがろうにも腰に力が入らない。年だ。昔ならば、相手が若き清正であったなら、すぐさま立ちあがって殴り合っただろう。喧嘩をして、全てを洒落《しゃれ》でうやむやにして、清正とともに笑い合えただろう。

しかしもう正則は以前の正則ではなかった。これは若い頃のような悪ふざけではない。目下の者に無理強いをし、軽はずみに戦などと口走り、引っ込みが付かなくなった末の醜態《しゅうたい》である。

「好きにいたせ」

肩を落として正則は言った。槍を手に帰ってゆく太兵衛の背中が、やけに大きく見える。

己が若くはないことを痛感し、正則は震えた。

今にして思えば、酒の席で醜態を晒せるほど、あの時の己は若かった。六十の坂を越えた正則は、素直にそう思う。枯れ果てた今の己では、太兵衛に無理強いする気力すら残っていない。胸のなかの鬱屈を、怒りとして吐き出せた頃の己すらも、今となれば羨ましく思う。

大雨が広島の城を襲い、二ノ丸と三ノ丸が水浸しになった。城下の被害も尋常ではなかった。一時でも早く元の街に戻そうと、やっきになった。城を改修したのは、その一環だったのだ。謀反《むほん》を企む心など、微塵《みじん》も持っていなかった。

それを幕府に責められた。

届け出をせずに城を改修したとして、安芸・備後二国、四十九万八千石あまりは没収され、魚沼、川中島四万五千石を捨扶持として与えられた。

不思議と怒りは感じなかった。無念だとは思ったが、幕府に刃向い城を枕に討死しようなどという思いは、露ほども湧いてこなかったのである。

「今更、どの面下げてそのようなことが申せるか」

大恩ある主家に背いて手に入れた所領だ。

因果応報である。

そう……。

主家に背いた時の酒の味は、今でも忘れられない。

灯火に照らされてもなお、目の前の老爺《ろうや》の顔は仄暗《ほのぐら》かった。脂《あぶら》ぎった丸顔のくせに、やけに影が滲んでいる。隠忍自重《いんにんじちょう》、篤実を常とするこの男は、本当はこういう顔をするのかと、正則は身を引き締めながら思った。

「今宵、呼んだのは他でもない」

老人がくぐもった声で言った。翁《おきな》の名は徳川家康《とくがわいえやす》。天下に並ぶ者のない大大名である。

下野国《しもつけ》、小山《おやま》に正則はいた。

秀吉の死後、国許に戻っていた上杉景勝《うえすぎかげかつ》に謀反の疑いがあるとして、家康が討伐のための兵を挙げた。その陣中に、正則はいる。

秀吉は死に際して、幼き我が子と豊臣家を守るための遺言を残した。信頼のおける五人の大名を五大老《ごたいろう》とし、頭の切れる者たちを五奉行と定め、十人で合議して何事も決めるようにという遺言である。が、五大老の筆頭格であった家康は、遺言を無視して政《まつりごと》を進め始めた。その上、皆で定めた法度《はっと》を破り、諸大名と許可なく縁組をし、絆《きずな》を深めるという行為すら行った。

正則もこの縁組に乗った一人だ。

家康の異父弟である松平康元《まつだいらやすもと》の娘を養女にし、正則の養嗣子《ようしし》である正之《まさゆき》に娶《めと》せるという申し出を、正則は承諾した。

秀吉の死後、横暴な振る舞いが多くなってきた家康に、豊臣恩顧の大名たちが不信を募らせてゆく。そんな最中、会津《あいづ》の上杉が戦支度を始めた。家康は機敏にこれに反応し、すぐに討伐軍を編制する。尾張清洲を領する正則も出陣を命じられ、家康とともに下野小山まで進んでいる。

「まだ、皆に報せてはおらぬのだが……」

陰険さが滲む口許を震わせて、家康がささやいた。ただならぬ事態が起こったのは、明らかである。正則には、おおよその見当は付いていた。が、家康の口から聞くまでは黙っているつもりである。

「上方《かみがた》で石田治部《じぶ》が挙兵しおった」

正則が考えていた通りの言葉を、家康が吐いた。

家康の横暴を批判していた者たちの筆頭に立っていた三成が、黙ってはいないと思っていた。諸大名との縁談を糾弾する時も先頭に立っていたし、事あるごとに真正面から家康を批判し続けていた三成である。結果、佐和山《さわやま》に蟄居《ちっきょ》の身となったが、それでもなお家康を悪しく思う者たちとの連絡は絶やしていないと正則は見ていた。

「長束《なつか》、前田《まえだ》、増田《ました》らが連名で、儂を弾劾《だんがい》する書を大名らに送り付け、宇喜多秀家《うきたひでいえ》、大谷刑部《おおたにぎょうぶ》らがすでに同心しておる。あの茶坊主め、総大将に毛利権中納言《もうりごんちゅうなごん》を担ぎ出しおった」

毛利権中納言輝元《てるもと》といえば、徳川、前田に次ぐ毛利家百十二万石の大大名である。たかだか佐和山十九万石あまりの三成とは格が違う。

「なんと……」

さほど驚いてはいなかったのだが、小癪《こしゃく》なことを言うのも面倒だったから、声を無くしてみせる。すると家康は、その態度に満足したのか、分厚い唇を吊りあげて笑った。

「儂が京大坂を留守にしておる間に、治部めが挙兵することは、考えに無かったわけではない」

「しかし、このまま上方を三成らに押さえられてしもうては、我等は」

「謀反人となる……。か」

正則の言葉を継ぐように家康は言って、にやりと笑った。危急の時であるにも拘らず、家康は落ち着き払っている。陰鬱な冷静さを、闇として目の奥に湛《たた》えながら、家康は正則を見つめ続けていた。怖気《おぞけ》が走る。闇から逃れようと目を逸らした正則を追うように、家康が言葉を吐いた。

「確かにこのままでは、兵力を笠に着た三成どもが、秀頼君《ひでよりぎみ》を良きように操るやもしれん。そうなれば、たしかに儂は謀反人ぞ」

三成らが糾弾しているのは、あくまで家康である。従っている正則たちは、標的ではない。

「内府殿《だいふ》は、いかになされるおつもりか」

「いかに、とは……」

「このまま上杉を攻めるのか、それとも東海道を引き返し、三成めと相見《あいまみ》えるのか」

「ここまで従うてくれた、其方《そのほう》らの決断次第じゃな」

三成の挙兵を知り、兵を引く者が多ければ、二百四十万石という巨大な領地を有する家康であろうと、戦を続けることはできまい。要は、従ってきた正則たちを味方にすることができるかどうかで、以降の家康の道が決まるのである。

そんな重大な局面で、家康はいち早く正則を呼んだ。それが何を意味するのか。正則は考える。酒が欲しい。酔えば頭が冴える。家康の意図を探ることもできるだろう。酒気が抜けた頭では、この老獪《ろうかい》な翁の頭の中は、いくら考えても見えなかった。仲間に引き入れようとしている程度のことは解る。が、その先のことがまったく見えない。

「儂はな福島殿」

口を堅く結んだまま動かない正則に、家康が優しく語りかける。

「ここ小山で評定《ひょうじょう》を開き、従軍しておる方々を味方に引き入れ、大坂へ戻ろうと思うておる」

「我等を味方に……」

その程度のことは正則にも解る。しかし、どうやって味方に引き入れるというのか。池田《いけだ》輝政《てるまさ》、黒田長政、真田《さなだ》昌幸《まさゆき》、そしてこの福島正則。今、家康に従っている者たちのなかで、豊臣の恩を受けていない者などいないのだ。三成が秀頼様を人質として戦うならば、正則たちは豊臣に弓を引く事になる。

謀反だ。

大坂の状況が読めぬなか、いったいどれだけの大名が家康に同心するのか。正則には見当もつかない。

「すでに大坂におる皆の妻子が質に取られておるという話もある」

ならば、なおのこと大名たちの心は揺れる。

「儂は明日、迷うておる皆の心をひとつにまとめねばならん」

言った家康が、膝で床板を擦りながら正則の眼前に寄った。そして、正則が膝の上に置いていた手を、ふくよかな掌で包んだ。

「それ故、其方の力が必要なのじゃ」

「某の力でござりまするか」

「豪勇無双。賤ヶ岳の七本槍の筆頭である其方が、明日の評定の席で開口一番、儂への同心を声高《こわだか》に叫んで欲しいのじゃ」

読めた。

正則は豊臣の縁者である。その正則が、いちはやく家康へ同心すれば、皆の迷いは薄らぐ。諸大名の背中を、威圧と賛同の言葉で押せと家康は言っているのだ。

「其方が同心してくれれば、皆も儂に従ってくれるであろう。そうなれば、三成ごとき敵ではないわ」

毛利に宇喜多、三成よりも大身《たいしん》の大名たちはいる。しかし家康は、敵を三成に絞ってみせた。それはどうしてなのか。この男の頭のなかには、どこまで行く末の絵図があるのだろうか。この老獪な狸の頭のなかが、正則にはまったく読めなかった。

しかし間違いなく言えることがひとつだけある。

正則が父と慕った秀吉は、すでにこの世にはない。天下を治める器は、目の前の家康以外に持ち合わせていない。

「頼みがござりまする」

「なんじゃ、なんなりと申してみよ」

「大坂城におわす秀頼様。そして豊臣家だけは……」

「当たり前じゃ。儂も豊臣朝臣《とよとみのあそん》であるぞ。儂が征伐するのは天下の謀反人、石田治部少輔じゃ。秀頼君をどうこうしようなどと、万にひとつも思うておらぬ」

正則は重い息をひとつ吐き、おおきくうなずいた。

「福島左衛門大夫正則。内府殿に同心仕りまする」

「その言葉を聞いて安堵した」

家康が障子のむこうに声をかける。瞬く間に酒肴が運ばれ、二人きりでのささやかな宴となった。

「明日は御頼み申しましたぞ」

満面の笑みで盃を傾ける家康に合わせるように、酒を口にした。

上等な酒だ。

が……。

どれだけ呑んでも味はせず、酔いもしなかった。

後にも先にも、味のしなかった酒は、あの時以外にない。まだ水のほうが、ほのかな甘みを感じるくらい、どれだけ腹に収めても呑んだという実感が湧かない酒であった。

その後の評定で三成謀反が告げられると、正則はすぐに家康への同心を叫んだ。三成は幼い秀頼を傀儡《かいらい》に仕立て、政を思うままにしようとしているなどと騒ぎ立て、皆の心を揺さぶった。結果、真田昌幸以外の主立った者は家康の味方につき、両軍が激突した関《せき》ヶ原《はら》の戦で、大勝した。

小山での功を認められ、安芸・備後二国、四十九万八千石という所領を家康から与えられた。尾張清洲は二十四万石である。倍増であった。

絶後の大戦で、三成らを破って得た所領である。得た時は、それなりの満足もあった。しかし今にして思えば、あれは主家を裏切った末に得た物だったのだ。小山で家康に従うと決めた時、正則は豊臣家に背いたのである。

解った時にはもう遅かった。

家臣たちと車座になって呑んでいる。正則の心をおもんぱかっているから、誰も口を開かない。皆、押し黙ったまま、ただ酒を呑んでいる。そんな日が、もう何日も続いていた。用があって去る者があれば、手の空いた者が新たに加わる。寝る者もいれば、起きてまた呑む者もいた。そうして代わる代わる家臣たちが、沈黙の酒宴に付き合っている。

報せを待っていた。

江戸城下に与えられた福島家の屋敷内である。報せが発せられる場所から遠く離れた坂東の地で、正則はただひたすら待っていた。

一人ではとても耐えきれない。だからこうして家臣たちと呑んでいる。

報せが発せられる場所は大坂だ。今こうしている間にも、大坂では戦が行われている。攻めるのは主家であり、攻められているのは、かつての主家である。

参陣を許されなかった。どれだけ従順に奉公しても、けっきょく家康の頭のなかでは、正則は豊臣家の人間なのである。

しかし……。

己が家康でも、正則を江戸に押し込めておくだろう。いつ裏切るかも解らぬ者を、味方として自陣に置いておくなど、愚行以外の何物でもない。そう考えると、自嘲《じちょう》が笑みとなって面に表れた。それを見た家臣たちが、何事かと一斉に目を向ける。神妙な顔が並ぶなか、今度ははっきりと笑ってみせた。

「なんでもない」

言って、盃のなかの酒を干す。重臣の一人がすぐに新たな酒で、盃を満たした。水面が凪《な》ぐことはなかった。常に緩やかに揺れている。正則の苦悩を憐《あわ》れんで、まるで己が胸のなかで眠る赤子をあやす母のように、酒が優しく揺れている。そんな酒を愛《め》でるように、正則は人差し指の腹で盃の表面をゆるやかに撫でた。滑らかな朱塗りの盃の上を分厚い皮に覆われた指が、幾度も幾度も撫でる。爪の先でこそげ落とすような凹凸などひとつもない滑らかな器を、正則は愚直なほど執拗《しつよう》に愛でた。

番匠の倅が、安芸・備後二国、四十九万八千石の大名にまで登りつめた。上々吉ではないか。それもこれも、かつての主家である親類縁者たちを裏切って得た結果だ。すでに血の縁は捨てたのだ。いまさら感傷に浸るなど、愚か者のすることではないか。

父と慕った秀吉も、兄弟と思うていた清正も、すでにこの世にはいない。正則一人が盾となって刃向うには、敵はあまりにも強大過ぎる。命を張れぬのならば、口をつぐんで息を潜めておくしかない。かつての武人、賤ケ岳の七本槍、福島正則は死んだのだ。今ここにいるのは、他者を犠牲にして手に入れた富を守ることに汲々《きゆうきゆう》としている哀れな老人であった。

呑めば呑むほど頭が冴える。だから余計なことばかり考える。

すでに結果は見えているのだ。今さら正則ができることなどなにもない。ならば、考えるだけ無駄ではないか。そうやって投げ捨ててみても、気づけばまた考えている。

己は哀れだ。裏切り者だ。相手はこの国そのもの、勝てる訳がない。誰が己の立場にいたとしても、同じように黙っているはず。己は悪くない。己は悪くない。悪くない……。

誰に対しての弁解なのか。

盃を撫ぜる指が速くなる。

激しく廊下を踏みならす音が近づいてきた。待っていた時が来たのだ。逃げ出したいという想いを必死に押し殺し、正則は家臣たちとともに待つ。

「大坂よりの使者にございますっ」

「通せ」

盃を持ったまま家臣に告げる。

肩を大きく上下に揺らし激しい息をしながら、ずたぼろの衣を着た男が、車座の家臣たちの前に平伏した。夜通し駆け通してきたのであろう。汗と埃《ほこり》の臭いが酒の香りに勝っている。うっすらと血の臭いがするのは、道中で怪我をしたからか。それとも戦場の名残か。

家臣たちに並べとも命じず、正則は使者を睨みつける。

「帰れ。御主のような者は見とうない」

「なんと……」

慮外の言葉に、使者は伏せていた顔を思わずあげて、正則を直視した。家臣たちは誰も口を挟まない。正則と使者、二人だけの間合いができあがる。

「帰れと申しておる」

「しかしっ」

「御主が言おうとしておることは解っておる。じゃから言わずに帰れ」

「それでは務めが果たせませぬ。某には某の務めがございます。殿に言上仕らねば、我が身が立ち申さぬ」

「ならば、ここで斬ってやろう」

「殿っ」

使者が決意を秘めた熱い眼差しで正則を射抜いたまま、身を乗り出した。三十に手が届くかという若僧だ。なかなか良い目をしている。

「御聞きくだされ」

決死の覚悟を胸に、使者が重苦しい口調で言った。

正則は目を閉じる。盃を床に放り、瞑目《めいもく》したまま天を仰ぐ。

「申せ」

「五月七日。大坂城は炎上し、籠っておった浪人衆も悉《ことごと》く討ち果たされ、翌朝、山《やま》里曲輪《ざとぐるわ》において、淀《よど》の方と秀頼君は大野《おおの》治長《はるなが》らとともに御自害あそばされました」

使者が口をつぐんだ。

終わった。豊臣の家が潰《つい》えた。秀吉の夢が死んだ。なにもかもが果てた。

閉じたままの瞼の隙間から、涙が零れ落ちる。不思議と、嗚咽《おえつ》するほどの心の揺れはなかった。

「御苦労であった。奥で休め」

目を閉じ、天を仰いだまま、使者に告げる。

「殿……」

車座になっている家臣の誰かが言った。

「何も言うな。下がっておれ」

皆の気配が広間から消えてゆく。

「親父殿」

瞼の裏に秀吉の笑顔を思い描く。

ぼやけている。年老いた正則は、父と慕った秀吉の顔すら思い出せなくなっていた。

何が正しかったのか。

どこで間違ったのか。

見当が付かなかった。すべてにおいて正しかったと思いもすれば、なにひとつ良き選択をしてこなかったとも思う。悔いがないといえば嘘になる。しかし、身悶《みもだ》えるほどの苦しさは感じなかった。

ただ、何もかもが懐かしい。

盃を月に向かって高々とあげる。

「親父殿。秀頼様。虎之助……」

死んで行った者たちの名を延々と口にする。己が殺した者たちの名も挙げてゆく。正則と関わり、すでにこの世にいない者たちの名だ。

「家康殿」

覚えている限りの名を言った最後に、一番憎らしい男の名を呼んだ。正則を苦しめ、豊臣家を滅ぼした家康も、すでにこの世にはない。戦国の世は遠く過ぎ去り、敵も味方も皆死んだ。槍ひとつで伸《の》しあがれる世は、遠い昔の幻となった。

それでも正則は生きている。槍を振るい、戦場を駆けまわっていた頃と同じように、こうして酒を呑んでいる。誰が死のうと、住まう場所が変わろうと関係ない。酒は、いつでも正則の傍にあった。

酔うて酔うて、ここまで来た。誰よりも生き、誰よりも戦い、誰よりも呑んだ。

「そっちの居心地はどうじゃ」

気合をひとつ吐いて立ちあがる。酔いが足に回って、わずかに躰が揺れた。頭が冴えているから気付かなかったが、相当に酔っている。立ちあがって改めて見あげると、欠けた月がしきりにぶれ、ひとつに定まらない。いつ倒れてもおかしくないほどに揺らめきながら、それでも正則は月を睨んで立ち続ける。

「誰か答えよ。冥府《めいふ》の居心地はどうなのじゃ」

時にふたつ、時にはみっつと在り様を変えながら、月は黙っている。

「くふっ」

輝き続ける月を見つめ、正則は無性に可笑《おか》しくなった。

「くふふふ」

掌中の盃から、酒がこぼれだしている。構わず大声で笑い続けた。

はじめての酔い方だ。

どんなに酔っても、己を見失ったことなど一度もなかった。どれだけ躰の自由が利かなくなっても、心だけはいつも明瞭だった。太兵衛に槍を奪われた時もそうだ。躰が動かなかっただけで、頭ははっきりしていた。

しかし、なぜか今宵だけは違う。身も心もずたずたに崩れ、ただ無性に愉しかった。なにがおかしいのかも解らぬのに、口から笑いが零れ出して止まらない。

それでも心の隅で、冷静な己が崩れた己を見つめている。

崩れているのは、すべてから解き放たれて楽になったからなのか。人にどれだけ哀れと思われようと、こうして生きている。生きてさえいれば、たとえ二万石であろうと、勝ちではないか。秀吉も家康も清正も秀頼も死んだ。生きている己は勝者なのだ。もう戦うことはない。静かに余生を暮らせば良い。もう負けることはないのだから。

そこまで考えた時、酔いの勢いがさらに増した。冷徹な思考すら飲みこまれてゆく。

いつの間にか座っていた。

己で気付いていないうちに、酒壺を手に盃に注いでいる。

呑んでいた。

誰か別の何者かが、己のなかに巣食っているような心地である。しかし、それが決して不快ではない。愉しくて仕方がないのだ。このまま酔いに身を任せて、ずっと笑っていたいと、正則は素直に思った。

至福……。

これまで一度も感じたことのない心地であった。酒を呑み、陽気に酔う。それがどれほど幸せなことか。六十四年生きてきて、はじめて感じていた。

正則は浮かれていた。

盃を放り投げ、上座の方へと歩く。常に傍に置いている槍が、肘掛の後ろに立てかけてあった。それをがっしとつかんで、ふたたび歩きだす。ゆらゆらと進む足は、縁廊下を踏みしめると、軽やかに宙を舞った。

二本の足で地を噛むと、すでに手にした槍は穂先を下げた形で構えられている。

おおらかな枝ぶりの松の木も、天空に浮かぶ上弦の月も、正則の目はとらえていない。眼前に広がるのは敵の群れ。丸に二つ雁金《かりがね》が染め抜かれた旗は、柴田の物だ。

獲物の名は柴田勝政《かつまさ》……。

「やるぞ、虎之助ぇ」

清正の威勢の良い声がどこからか聞こえる。

正則は腹の底から吠えた。

敵が恐れをなして逃げてゆく。あの背中に喰らいつくのだ。喰らいついて腹を破り、勝政という肝を引き摺り出す。

そう難しい話ではない。

口許が自然とほころぶ。

「行く」

誰に告げるともなくつぶやくと、駆けた。

清正に後れを取る訳にはいかない。助作や権平などに遅れるはずもない。

ひたすら駆ける。

敵との差がぐんぐんと縮まってゆく。

怯《おび》えた敵の顔が、振り返って正則を見た。

「一番槍は貰《もろ》うたぞぉぉっ」

喰らいついた。

縦横無尽に敵を斬り捨てる。

必死の形相で逃げる鎧武者を視界にとらえた。

手柄首。

一番乗りだ。

「逃がすかぁっ」

喰らいついて馬から引き摺り下ろす。鎧の間に槍を突き入れ、一気に首を掻き切った。血飛沫が顔を濡らす。

血の臭いのなかに、甘い香りを感じた。

酒だ。

己はどこにいる。

ここは賤ヶ岳。

いや。

川中島だ。

靄《もや》が晴れた。槍を持ち、汗みずくになっている正則の姿が、月明かりに照らされる。

我に返り、天を仰いだ。

「夢かよ」

大笑した。

「浮世のことも夢のまた夢か……」

槍と酒こそ我が人生。

悔いはない。

福島正則が死んだのは、この五日後のことであった。

# 権平の推理

乾緑郎

# 1

「兜《かぶと》はどうした」

「いらぬ」

胴と小具足《こぐそく》だけを身に着けた石川兵助《いしかわへいすけ》は、憮然とした表情でそう答えると、平野権平長泰《ひらのごんべいながやす》の脇を、滑り落ちるようにして切り通しへと駆け下りて行った。

「何を考えていやがる」

後れを取らぬよう、斜面の藪《やぶ》を掻き分けて走りながら、権平は悪態をつく。

「やはり昨夜の市松《いちまつ》殿との件が」

少し遅れて付いてくる長刀《なぎなた》を手にした男は、権平の弟の九左衛門長重《きゅうざえもんながしげ》である。権平に似て、不細工な面構《つらがま》えをしていた。

賤《しず》ヶ岳《たけ》の頂からは、秀吉《ひでよし》が自ら吹き鳴らす法螺貝《ほらがい》の音が聞こえてくる。

眼下には余呉湖《よご》の静寂な湖面が広がっていた。権現坂《ごんげんざか》方面へと退却する、敵の柴田《しばた》勝政《かつまさ》隊は、すでに指揮が乱れ、甲冑《かっちゅう》や武具を捨て、多くが逃げ出し始めている。予《あらかじ》め撃ち込んでいた鉄砲の玉で負傷している兵も多かった。

――これは手柄《てがら》の草刈場だ。

素槍を手にして駆けながら、権平はそう思った。

背後からは、遅れて雪崩《なだ》れ落ちてくる秀吉軍の足軽たちの鯨波《げいは》が迫ってくる。

天正十一年（一五八三）四月、賤ヶ岳の戦――。

本能寺《ほんのうじ》での信長《のぶなが》の横死《おうし》後、清洲《きよす》城で行われた会議が、争いの発端だった。織田家の後継者として信孝《のぶたか》を推す柴田勝家《かついえ》に対し、羽柴《はしば》秀吉、丹羽《にわ》長秀《ながひで》、池田《いけだ》恒興《つねおき》らが結託し、当時まだ三歳であった三法師《さんぼうし》（後の織田秀信《ひでのぶ》）を擁立したのである。

これは織田家を二分する争いだった。後の関ヶ原の戦とは違った意味での、天下分け目の戦である。

清洲会議から数ヵ月後、勝家は形ばかりの和睦交渉のため前田《まえだ》利家《としいえ》らを使者として差し向けた。勝家は越前北ノ庄《えちぜんきたのしょう》城にあり、冬は積雪で思うように動けぬための時間稼ぎである。秀吉はこれを受け入れたが、直後、反故《ほご》にして動き始める。

兵三万を率いて、まず長浜《ながはま》城を攻略し、続けて岐阜《ぎふ》城を攻め、信孝を降伏させた。

年が明けた正月、秀吉は安土《あづち》城に兵七万を集めて北伊勢《きたいせ》に侵入。長浜城に陣する。

三月、勝家は前田利家、佐久間盛政《さくまもりまさ》らを先鋒に、まだ雪が残る中を進発、余呉湖の北、柳ヶ瀬《やなせ》に至り、内中尾山《うちなかお》に着陣した。

暫《しばら》くはお互いに睨《にら》み合いが続いたが、秀吉軍にとって不測の事態が起こった。

一度は降伏した筈《はず》の信孝が、岐阜で再び挙兵したのである。

秀吉は安土城に人質として預かっていた信孝の生母とその侍女らを磔刑《たつけい》に処して皆殺しにするよう指示し、長浜城を出て岐阜へ向かおうとするが、揖斐《いび》川の氾濫《はんらん》に遭い、大垣《おおがき》城で足止めを食う。

好機と見た勝家は、北国《ほつこく》街道を更に狐塚《きつねづか》まで南下し、左禰山《さねやま》砦に陣取った堀秀政《ほりひでまさ》の軍を攻撃。前田利家と佐久間盛政は行市《ぎよういち》山に敷いた陣から押し出すと、前田隊は茂山《しげやま》で後衛を守り、盛政隊は余呉湖の東にある大岩山《おおいわやま》砦まで出向いて攻撃、秀吉軍の中川《なかがわ》清秀《きよひで》隊を破った。

だが、ここで佐久間盛政は大きなしくじりを犯す。

大岩山砦を落とした後は、すぐ兵を引くよう勝家から命令されていたのを無視し、勝利に傲《おご》って、そのまま前線に留まったのだ。

秀吉の大垣城での足止めと、盛政が大岩山に兵を止めたこと。

この二つがなければ、或いはこの戦は柴田勝家の勝利に終わっていたかもしれない。

揖斐川を越えられずにいた秀吉の本隊は、大岩山陥落の報を聞くと、一気に引き返すことにした。俗に「美濃大返し」と呼ばれる、木之本《きのもと》の陣までの、およそ十三里(約五十二キロメートル)を、ほんの数時間で移動する強行軍である。

日も落ちた戌《いぬ》ノ下刻《げこく》(午後九時頃)、秀吉は木之本に着陣し、そのことはすぐに佐久間盛政にも伝わった。盛政隊は月の出を待って大岩山砦を出ると、余呉湖の南側に沿って賤ヶ岳の麓を進み、退却を始めたが、時は既に遅かった。

未明から秀吉軍は盛政隊を追撃し始めたが、必死の盛政は案外によく守る。

そこで攻撃の矛先を、盛政退却を助けて賤ヶ岳の西北下にある切通しに陣取っていた、柴田勝政隊に変えた。

賤ヶ岳の砦に入った秀吉は、ほんの四、五町先にいる勝政隊を眼下に見ながら、身の回りにいる荒小姓らに、自ら槍を取って戦うよう命じた。

その中に、平野権平長泰、九左衛門長重、そして石川兵助らもいたのである。

## 2

木之本にいち早く着陣した秀吉は、徒歩《かち》で移動してくる本隊の到着を待つ間も惜しみ、敵情を観望するため、自ら少数だけを率いて田上《たがみ》山に登った。

市松《いちまつ》こと福島正則《ふくしままさのり》と石川兵助の間で諍《いさか》いが起こったのは、この時だった。秀吉が木之本の陣を留守にしていた、ほんの短い間のことである。

「平野様！　平野様！」

休息のため、手近な岩に腰掛けて、うつらうつらと微睡《まどろ》んでいた権平の元に、中間《ちゆうげん》として雇っている百姓の小倅《こせがれ》が、殆《ほとん》ど転がるような足取りで走ってきた。名を太助《たすけ》という。齢は十二、三といったところで、どこか小猿に似た愛嬌のある顔立ちをした男《お》子《こ》だった。

「何だ」

目を擦《こす》りながら、権平は不承不承《ふしようぶしよう》に答える。

「喧嘩《けんか》です。福島様と石川様が……私ではとても止められません。どうか……」

太助は今にも泣きそうな顔をしている。摑み合いにでも巻き込まれたのか、着ている衣服は帯が緩《ゆる》み、ひどく乱れていた。

確かに、あの二人の間に、太助のような身分の者が無理に仲裁に入れば、叩き斬られたとしても不思議はない。

権平もそうだが、大垣城から引き上げて来た者たちは、いずれも苛《いら》ついており、つまらない諍いや喧嘩が、そこらじゅうで起こっていた。未《ひつじ》ノ刻（午後二時頃）から休みなく歩き通しで、木之本に入ったのは夜である。疲れているうえに眠気を堪《こら》えて明朝からの戦に備えているのだから無理もない。

面倒だが、太助の様子からすると放っておくわけにもいかなかった。

権平は立ち上がると、太助に案内され、篝火《かがりび》の間を歩いて行く。

すぐに、耳に覚えのある声が怒鳴り合うのが聞こえてきた。

「大戦《おおいくさ》を前にして、女々《めめ》しいと言っているのだ」

吐き捨てるように言い放ったのは、市松こと福島正則の方である。

見ると、熊毛を張って獣の耳をあしらった頭形《ずなり》兜を手にしている。

兵助の兜だ。父から受け継いだ大事なものだと、権平は聞いたことがある。

すでに兵助は刀の柄《つか》に手を掛けていた。ただの口論や喧嘩の様相ではない。

周囲では足軽や中間たちが、固唾《かたず》を呑んで見守っている。

「おのれ、この上、貴様にまで愚弄《ぐろう》される覚えはないわ」

兵助が抜いた。

「待てっ」

思わず権平は声を上げ、駆け出した。

兵助は振り上げた刀を躊躇《ちゆうちよ》なく市松に向かって振り下ろす。

権平は脇差しを抜き、二人の間に割り込んでそれを受けた。

「よせ」

冷静に、だが強い語調でそう言い、権平は兵助を押し返そうとしたが、その顔を見て狼狽《うろた》えた。

兵助は泣いていた。涙が頬を濡らしている。

刀を受けた体勢のまま、権平は市松を振り向いた。

不愉快そうな表情を浮かべてはいるものの、市松の方に取り乱した様子はない。それが幸いだった。市松まで抜いていたら、そのまま味方同士で刺し違えていてもおかしくないような有り様だった。

権平に仲裁に入られ、兵助も多少は冷静さを取り戻し、口惜《くちお》しげに下唇を噛《か》むと刀を収めた。

「ほれ、妙な意地を張らずに持って行け」

市松が放って寄越した兜を、兵助は受け取った。

「明日は我が後ろ影を見るがよかろう」

吐き捨てるように兵助は市松に言うと、くるりと背を向けて歩き去った。

「これは如何《いか》なることだ」

権平が市松に問う。

「何でもない。あやつが捨てた兜を、拾って渡してやろうとしただけだ」

「捨てた……？」

意味がわからなかった。兵助が自ら兜を捨てたということか。

だが、市松は何も答えず、怒りの足取りで兵助とは別の方向へと去って行く。

大事にならずには済んだが、どうも妙な按配《あんばい》だった。

市松はともかく、兵助は普段、少々のことで声を荒らげるような男ではない。それが刀まで抜いて市松に斬り掛かったのだ。しかも泣いていた。尋常のことではないだろう。

「どんな事情かわかるか」

脇差しを鞘《さや》に収め、権平は傍《かたわ》らの太助に目をやる。

太助は、震えながら首を横に振った。

「加藤孫六《かとうまごろく》様に呼ばれ、支度《したく》をお手伝いしていたところ、急に石川様がやって来られて……」

孫六こと加藤嘉明《よしあき》と権平は、旧知の仲である。初めて会った時、孫六は秀吉の元で馬喰《ばくろう》として働いていた。

その孫六が、権平が連れている太助のことを気に入り、何くれとなく構っているのは知っていた。手元に欲しいから譲ってくれと、何度か申し入れも受けている。

「暫くの間、何か話をされていましたが、孫六様は怒って立ち去ってしまい、それを見ていた福島様が……」

権平が辺りを見回すと、桜井佐吉《さくらいさきち》の顔が目に入った。

秀吉の弟である羽柴長秀《ながひで》(後の秀長《ひでなが》)の小姓で、大垣城で足止めを食っていた秀吉の元に早馬に乗って伝令に現れた男だ。そのまま折り返し秀吉本隊らと一緒に木之本へと返してきていた。

目が合った途端、そそくさと去ろうとした佐吉の腕を、権平は掴む。

「孫六はどこに行った」

「知らん知らん。俺を巻き込むな」

権平の手を振りほどき、迷惑そうに佐吉は頭を振る。

「お主らの槍の刺し合いに興味はない」

そう言い残して佐吉も去って行く。

妙な空気だった。手近にいる者を捕まえて問うてみたが、どいつもこいつも歯切れが悪く、何があったか言おうとしない。

兵助も市松も、権平と同じく近習《きんじゅ》の小姓として秀吉の傍らに仕える身だ。明日の戦に憂いを残したくなかった。詳しく事情を知りたかったが、田上山に登っていた秀吉が本陣に帰還したとの知らせを受け、そのまま、うやむやになってしまった。

間もなく、東の空が白々と明け始めた。

徐々に視界が開けてくると、思っていた通り、夜のうちに佐久間盛政隊は大岩山を下り、余呉湖の西方へと抜けるべく、撤退の最中であった。

秀吉はこれを追撃したが、思うように崩せないまま、卯ノ刻（午前六時頃）には権現坂への退却を許してしまった。

そこで秀吉は方針を変えた。

近淡海《ちかつおうみ》（琵琶湖）を渡って救援のため賤ケ岳砦に入った丹羽長秀隊と合流し、賤ヶ岳西北下の切通しに陣取っている柴田勝政隊三千を叩くことにしたのだ。

——掛かれ。

退却を援護している勝政隊に、高所から散々に銃撃を加え、敵がすっかり乱れたところで、秀吉は近習の荒小姓たちにそう指示した。


権平は、先を行く兵助の姿をすぐに見失ってしまった。

逃げ惑う敵方の兵たちは混乱を極めていた。大将首を求めて走り回り、権平は馬上の佐久間政頼《まさより》と槍を合わせたが、これは政頼を守る兵たちに阻まれてしまった。

まごまごしているうちに、周囲は乱戦となりつつあった。

遥《はる》か上方では、秀吉がこの状況を見ている筈だ。

焦る権平の目の端に、逃げる柴田軍の兵たちに「戻れ、戻れ」と叫んでいる武者の姿が映った。権平の眼下、低い崖の下である。

「小原新七《おはらしんしち》か！」

その頭上に向けて、権平は声を張り上げる。見知った声と姿だった。

「おうよ。権平か」

一面が濡れた落葉で覆われた、谷間のようになった場所で、武者が顔を上げて答えた。

柴田軍も秀吉軍も、信長が横死して二分される前は、同じ家中の者たちだ。敵には見知った顔も多い。

「今そっちに行く。相手をしろ」

「望むところ」

新七が応じた。

相手の位置は権平の二間ほど下だ。飛び降りるには中途半端に高い。

「ちょっと待ってろ」

少し先に、手頃な大岩があった。そちらに飛び乗り、もう一度、飛べば、新七のいる場所に下りられる。相手は退却の最中だ。もたもたしていては逃げられる。

そう考え、権平が動いた時、不意に背後で気配がした。

権平が振り向くと同時に、槍の穂先で着ている具足の胴を強《したた》かに突かれた。

「ぐっ」

幸いに胴を貫かれはしなかったが、権平は均衡を崩し、足を滑らせて背中から新七のいる崖下へと落ちた。

途中、岩肌から生えている太い木の根に体が当たって跳ね、地面に叩き付けられる衝撃が半減した。落葉が厚く積もっているところに落ちたのも幸いだった。間髪を入れず、駆け寄ってきた新七が、手にしている槍を権平の喉元《のどもと》に向かって突き立てる。

横に転がってよけると、穂先が深々と地面に刺さった。

這いつくばるような体勢のまま、権平は手にしている槍の柄を横薙《よこな》ぎに払い、新七の臑《すね》を強かに打とうとした。

躱《かわ》そうとして飛び退り、うっかり新七は足を縺《もつ》れさせた。

すぐさま権平は立ち上がると、新七の胸元に前蹴りを入れた。仰向けに新七が地面に転がる。

止めを入れたいところだったが、権平は深追いをやめた。

先ほど崖の上で権平を突いた者が、権平がそうしようとしていたように、大岩を経由して飛び降りてくる気配があったからだ。

権平はそちらを振り向く。思っていた通り、槍を手にした武者が地面に着地したところだった。こちらは見知らぬ顔だった。

「名乗れ」

「松村友十郎《まつむらともじゅうろう》」

権平の問いに短く答えると、友十郎は槍の尖端を真っ直ぐ向けて、声を上げながら突進してきた。

穂先がぶれている。槍筋からして大した相手ではない。一対一なら、すれ違いざまに喉元を貫いてやるところだが、権平は背後も気にしなければならなかった。仮に友十郎を上手《うま》く突き殺したとしても、すぐに槍が抜けなければ、起き上がってくる新七に応戦することができない。

だが、考えている暇はなかった。

権平は体を横に反らして友十郎が放ってくる突きをよけた。権平の横腹に触れるように通過していく槍の柄《え》を、がっきと脇で抱え込む。

泡を食った友十郎は、すぐに柄を手放せばいいものを、槍を奪われまいと前後に動かそうとしたが、びくともしない。

権平は右手に握っている自分の槍をあっさりと放り捨てて脇差しを抜いた。柄を引っ張るのに気を取られている友十郎の小具足の隙間から腋《わき》の下に突き刺す。そこは急所だ。

脇差しを抜くと、血が勢いよく噴き出した。

友十郎が柄を手放してその場に倒れる。

権平は脇に抱えた友十郎の槍の柄を握り、振り向きもせずに背後に迫ってくる気配に向かって後ろ向きに突き出した。

一か八かだった。

背後から襲い掛かってきた新七は、突如、後ろ向きに繰り出されてきた槍の穂先をよけるため、大きく手元を狂わせた。

権平の背中を狙っていた一撃は大きく逸《そ》れ、新七は前のめりになった。

振り向きざま、権平は勢いをつけて新七の顔めがけて肘《ひじ》打ちを叩き込む。

間合いは近かった。新七の槍の内側に入っている。

権平は、右手に握っていた脇差しも、抱えていた槍も捨て、両手を空にした。

そのまま組み討ちに入る。

新七の具足を手で摑んで引き倒し、大きく跳躍して、その顔に両足で着地した。

ぐきりと頸《くび》が折れる感触。痙攣《けいれん》する新七の手から槍を奪い、具足の隙間から刺し込むようにして止めを刺した。

すぐさま権平は賤ヶ岳の頂《いただき》を振り向く。

先ほど駆け下りてきた場所からは、三町も離れていない。秀吉の姿が小さく見える。その目にも権平の働きは映っていた筈だ。

すぐさま権平は刀を抜き、血を撒き散らしてのたうち回っている友十郎にも止めを刺すと、新七と合わせて二級の首を取りに掛かった。

周囲には怒号が渦巻いている。

懐から取り出した麻縄で、轡《くつわ》を噛ませるように斬り落とした首をきつく縛《しば》り、権平は腰にぶら下げた。

遠方に目をやると、切通しから権現坂へと抜ける峰筋の高みに、丸に三引両《みつびきりょう》の紋が入った赤い旗が並んでいるのが見えた。佐久間盛政隊であろう。殿《しんがり》となった柴田勝政隊を収容し、陣容を立て直して反撃に転じようとしている。

退《ひ》き貝の音はまだ聞こえてこない。権平は先ほど放り捨てた自分の脇差しと素槍を回収すると、敵を探して再び走り始めた。

尾根伝いに少し下って行くと、余呉湖の浜が見えるところに出た。すでに岸は血で赤く染まりつつある。

そこに、真っ先に敵陣に斬り込んで行った石川兵助の姿が見えた。遠目だが兜を着けていないのですぐにわかる。

徒立《かちだ》ちのまま、兵助は騎馬武者に対峙していた。相手は馬印から察するに、柴田勝家の与力、拝郷《はいごう》五左衛門《ござえもん》であろう。大物だった。おそらく一度は引いた佐久間盛政隊から、柴田勝政隊への加勢のために押し出してきたのだ。

「あっ」

無謀にも、兵助は馬上の五左衛門に突進して行った。

だが、兵助如きは猛勇として知られた五左衛門の敵ではない。しかも兜なしである。

五左衛門が手にしている長柄《ながえ》の大槍が、あっさりと兵助の頭を貫く。

顔面から入った穂先が、後頭部から突き出るのが、離れた場所にいる権平のところからも見えた。

五左衛門が、煩《わずら》わしげに両手で握った槍の柄を二、三度強く振ると、だらりと弛緩《しかん》して槍先にぶら下がっていた兵助の体が地面に落ちた。

まだ数名の兵が五左衛門を囲んでいる。五左衛門はここを死に場所と定めたか、味方が完全に退くまで、その場に足を止めて戦うつもりらしい。

追い縋《すが》る秀吉軍の足軽たちを石突《いしづ》きで突き倒しては馬蹄《ばてい》で踏み殺し、槍で貫いて、周囲に骸《むくろ》の山を築いていた。

「おのれっ」

目の前で兵助が殺されるのを見て、権平は逆上した。

相手を見失わぬようにと、一気に浜へと駆け下りる。

その時、ぴったりと権平の横に付けた者がいた。

「あれは俺がやる」

有無を言わせぬ口調だった。背負っているのは切裂撓《きりさきしない》の指物。市松だ。

「何をっ、先に見付けたのは拙者だ」

並んで走りながら権平は言い返す。

「兵助がやられたのを見たであろう」

市松が更に声を張り上げた。

「このままでは寝覚めが悪い。首はくれてやるから俺にやらせろ」

市松の口調は確固たるものだった。

だが、権平にも武者としての意地がある。

「見くびるな」

余呉湖の岸に出ると、先ほどまで五左衛門を囲んでいた者たちは、あらかた片付けられていた。

五左衛門は首級《しるし》を取るために馬から降りようとする気配もない。やはりここで討ち死にする気か。

兵助の亡骸《なきがら》は悲惨だった。左の眼を貫かれ、後頭部は割れた瓜のようになって脳漿《のうしょう》が飛び散っている。流れ出した血が、余呉湖の水を赤く染めていた。

五左衛門は、兵助の亡骸の十数間先にいた。殿軍の最後尾を守りながら、じりじりと退がっている。

市松と目で合図を取り合い、二手に分かれて五左衛門を挟んで討とうとした、その時だった。

馬首を返し、五左衛門の方から突進してきた。

五左衛門の利き腕の側にいた市松は、もろに槍を受けることになった。

だが、市松は怯《ひる》むことなく槍を合わせて軌道を逸《そ》らし、間一髪、串刺しにならずに済んだ。

権平は横に飛び退いて突進をよけた。振り向きざま、考えるより先に体が動いた。

摑んでいる槍を、通り過ぎた馬に向かって、思い切り投げつけたのだ。

五左衛門が手綱《たづな》を引いて馬を止める。飛んでいった槍は、馬の尻に深々と命中した。

ひと声嘶《いなな》き、馬が前脚と後ろ脚を交互に跳ね上げて暴れる。それでも落馬することなく、五左衛門は手綱を捌《さば》いて、何とか馬を静めようとしていたが、やがて振り落とされた。

尻に槍の柄をぶら下げたまま、馬が走り去って行く。

市松に譲る気など毛頭なかったが、槍を投げてしまったので権平の手は空だった。

大刀を抜いたが、長柄の大槍を手にしたままの五左衛門が相手では、いかにも分が悪い。こちらの間合いに入る前に、簡単に突き殺されてしまう。

権平がまごついている間に、市松が大音声《だいおんじょう》を上げながら五左衛門と槍を合わせた。

五左衛門が最初に繰り出した突きを躱し、柄を打ち合わせながら市松は必死の形相《ぎょうそう》で前に出る。

すでに市松は、五左衛門の間合いの内側に入っていた。こうなると長柄の方が扱いづらく、不利になる。

五左衛門は、死に物狂いで槍の柄を何度も市松の兜や具足の袖《そで》に打ち下ろす。一撃一撃が重く、市松は足をぐらつかせたが、手にしている槍の柄を短く持ち直し、それを五左衛門の喉元に突き立てようとした。

それを間一髪のところで五左衛門が握って止める。

市松が、今度は力任せに柄を引くと、五左衛門の手から血が飛び散った。穂先の刃で掌《たなごころ》をざっくりと切ったのだろう。

これではもう、強く槍を握ることはできない。もはや勝負はついたも同じだった。

勢いづいた市松が執拗に槍を繰り出し、とうとう、その穂先が五左衛門の喉元を貫いた。


秀吉軍の追撃は、それから正午頃まで続いた。

市松が五左衛門を仕留めた直後、使番《つかいばん》が、前田利家の退却を伝えてきた。

柴田軍に属していた前田利家隊は、前日より茂山に陣取っていた。しかし佐久間盛政隊が引いてくるのを見ると、突如、持ち場を放棄して塩津谷《しおつだに》に向かって移動を始めたのだ。

完全な裏崩れである。

前田隊の後援を頼りに権現坂に退却していた佐久間盛政は、これで完全に反撃の当てを失った。後はひたすら敗走するのみである。

秀吉の本隊は、集福寺坂《しゅうふくじ》に至って追撃をやめた。同じ頃、狐塚に陣して堀秀政隊と対峙していた柴田勝家の本陣にも、佐久間盛政隊の敗走と前田利家隊の離脱が伝わり、総崩れとなった。兵が次々に逃げ出し、七千いた本隊の数は、あっという間に半数以下の三千ほどに減ったという。

柴田勝家は、毛受勝介《めんじゆかつすけ》に己の馬印を託して身代わりとし、越前へと退却を始めた。

信長亡き後の織田家を二分した闘いは、羽柴秀吉側の勝利に終わったのである。

3

それはしんしんと雪が降る師走《しわす》のことだった。

天正十四年（一五八六）暮れ、淡路《あわじ》、志知《しち》城――。

賤ヶ岳の戦から、三年八ヵ月ほどの月日が経っていた。

まだ時刻は正午前であったが、雪雲のせいで辺りは薄暗い。

倭文《しとおり》川と合流し播磨灘《はりまなだ》へと注ぎ込む大日《だいにち》川の程近くに、その城はあった。

さして大きな城ではない。水を湛《たた》えた内堀に囲まれた小高い本丸台は、せいぜい南北に一町ほどの長さで、東と南は大日川、他には広く囲んだ外堀がある。周辺は見渡す限り竹林や藪、田畑ばかりだった。

――それでも一城の主だ。

この年の十一月、孫六こと加藤嘉明は前年まで続いていた四国攻めの行賞により、淡路国三原《みはら》と津名《つな》の両郡に一万五千石を与えられ、齢《よわい》二十四にして名実ともに大名となっていた。秀吉の関白叙任の際には、従五位下左馬助《さまのすけ》の官位を受けている。

未だ、賤ヶ岳の時に受けた知行三千石のみの権平とは、かなりの差がついた。

九州征伐に向けて、入部間もない城は修繕に余念がない。

そこらじゅうに石が積まれており、それを運ぶもっこや杭、丸太や竹で組まれた足場などが目に入ったが、今日は雪が降っているせいか、人足の姿は見られなかった。

「孫六はいるか！」

中間に案内された本丸御殿の門前で、権平が必要もない大声を張り上げたのは、一種の虚勢だった。出世に取り残されたとはいえ、臆したところは見せたくない。

暫く待っていると、やがて見知った顔が奥から現れた。

「太助ではないか」

思い掛けず懐かしい顔だった。

「これは……平野様」

一方の太助も、権平の突然の訪問に戸惑った表情を浮かべている。

賤ヶ岳の戦の後、太助は権平の元から離れ、中間として孫六に仕えていた。

あれから三年以上が経ち、小猿のように愛嬌のあった顔も、さすがに青年らしい風貌となっている。

「どうだ。孫六のところでは、よく務めているか」

「はい。何もかも平野様のお陰です」

世辞まで言うようになったか。権平は思わず口元を緩める。

案内された部屋では、孫六が待っていた。

火鉢の傍らに座り、真っ赤に燃えた炭を火箸《ひばし》で丁寧に積み直している。

「寒いな」

権平はわざわざ孫六に背を向け、股火鉢で尻を暖めた。これも虚勢だ。

だが、権平の無礼な振る舞いにも、孫六は怒り出す様子もない。

拍子抜けして、権平はどっかとその場に腰を下ろした。

「酒はないのか」

「用意させよう」

「今日は寒い。燗《かん》にしてくれ」

権平がそう言うと、控えていた太助が無言で部屋から出て行った。

孫六は灰に火箸を突き立てて、権平の方を見据えた。

「用もなくぶらりと足を向けたわけではあるまい」

そう言われ、権平は苦笑いを浮かべて首を縦に振った。

「……桜井佐吉が死んだ」

孫六が微かに眉を動かす。

佐吉も賤ヶ岳の戦では、糟屋助右衛門と共に、敵将宿屋七左衛門を討ち取るなどの活躍をし、七本槍の面々と同様、感状と知行三千石を受けている。

　美濃大返しの時には途中で馬を乗り潰してしまい、後は具足に身を包んだまま、秀吉や騎馬武者らの後ろを走って付いてきたというほどの偉丈夫だったが、賤ヶ岳で受けた傷が元で、その後はずっと病に伏せていた。

「……そうか」

　暫しの沈黙の後、孫六は短くそう呟いた。

「死に際に一度、見舞いに行ってきた。あれこれと面白い話を聞かせてもらった」

　火鉢に手を翳《かざ》し、手の平を擦り合わせながら権平は言う。

「市松も、それに虎之助《とらのすけ》も、七本槍のことを話に出されるのをひどく嫌がるらしいではないか。孫六、お主もそうなのではないか？」

　市松こと福島正則も、虎之助こと加藤清正《かとうきよまさ》も、それに孫六こと加藤嘉明も、賤ヶ岳の戦での活躍を機に世に出た。

　七本槍の面々や、賤ヶ岳で感状を受けた者らのその後を、明と暗に分けるとするなら、いずれも「明」に属する三人である。

　そして一番槍を付けたが討死した石川兵助や、戦の傷病で苦しんで死んだ桜井佐吉ら、七本槍に加えられなかった者たち、その後も武功を重ねたにも拘《かか》わらず未だ三千石取りのままである権平は、「暗」に属するものであろう。

　だからこそ、黙ってはいられなかった。

「石川兵助を死に追いやったのは、孫六、お主であろう」

　孫六は黙って炭の表面に浮かんだ灰に息を吹きかけては、火鉢の中に戻している。

「原因は、先ほど拙者をここまで案内してきた、あの太助か」

　この孫六が……と思うと、権平は妙な気分に駆られた。

「賤ヶ岳の戦の折、奇妙に思っていたことがいくつかある。まず第一に、何故に兵助は兜を着けずに出陣したのか」

　秀吉の号令とともに、近習の小姓たちが一斉に切通しに向けて斜面を駆け下りて行った時のことを、権平は思い出す。

　――兜はどうした。

　――いらぬ。

　あれは、わざわざ死にに行くような行為だ。そう……。

「……兵助は自死を選んだのだ」

孫六は表情を変えない。

「最初、拙者は、兵助は前夜にあった市松とのいざこざで、意地になってそんな真似をしたのだと思っていた。だが、よく考えてみると、そもそも何故に市松と諍いになったのかがわからぬ」

あの時の会話が、権平の耳に思い出される。

――大戦を前にして、女々しいと言っているのだ。

――おのれ、この上、貴様にまで愚弄される覚えはないわ。

市松の口にした「女々しい」とは、いったい何に対して吐かれた言葉なのか。

兵助は、「貴様にまで」と言った。つまり、市松より前に、他の誰かに愚弄されたということだ。

そして、権平が間に入った時、兵助は泣いていた。あの涙は何だったのか。

「あの夜、お主は太助を自分の元に呼び、支度を手伝わせていたらしいな」

「ああ、そうだ」

やっと孫六が口を開いた。だからどうした、というような口調だ。

「戦より以前からずっと、お主は拙者の元にいた太助を中間に欲しがっていた。あまり深くも考えずにいたが、成る程、死に際の桜井佐吉から事情を聞いて、合点《がてん》がいった」

当時の太助は十二、三歳。小猿のような可愛らしい顔立ちをしていた。

「太閤殿下は女色を好まれたからな。それに拙者はこの面構えだ。殿下の近習小姓の間で、そのようなことがあったとは、まったく知らなんだ」

秀吉の女好きは有名だった。家中の者がそれを案じて美少年を引き合わせても、まったく興味を持たず、姉か妹はいないか問うたという逸話が残っているくらいである。

戦国の世に於いて、衆道《しゅどう》、つまり男色は珍しいことではない。むしろ秀吉のような事例の方が珍しいと言える。近習小姓は主君と関係を持つことが多く、それをきっかけに出世する者も多いが、秀吉の場合は小姓たちが閨《ねや》に呼ばれるようなことはなかった。

「あの夜、兵助は大事な戦を前に、兜を交換して思い差しを交わすために、孫六、お主の元にこっそりと参じた」

秀吉が田上山に登って敵情を観望している最中のことである。権平は休息を取って微睡んでいた。

「兵助の一方的な思いだったのか、それとも以前から関係があったのかは、拙者は知らぬ。だが、兵助はそこで、お主と太助が絡《から》んでいるところを見てしまった」

兵助があれだけ取り乱していたところを見ると、ずいぶんと淫《みだ》らな光景だったのだろう。

命を懸《か》けた戦の前は、妙にむらむらとくるものだ。太助に支度を手伝わせているうちに、我慢できなくなったのかもしれない。

太助が慌てて喧嘩の仲裁を求めに来た時、帯が緩んで衣服が乱れていた。摑み合いにでも巻き込まれたのかと権平は思っていたが、あれは単に、その最中に飛び出してきたからだったのだろうか。

「兵助はそれを黙って覗き見しているような男ではなかった。おそらく怒号の一つも上げて、太助を追い払ったのだ」

そして、明日の戦は、お互いの兜を交換して出陣しようと孫六に願い出た。

だが、孫六はそれを受け入れなかった。むしろ恥辱と怒りに震えていたに違いない。交尾の最中に桶で水を浴びせられた犬のような気分であったろう。

孫六は受け取った兜を、人の兜など着て働けるかと投げ捨て、兵助を足蹴《あしげ》にした。

言い争いに気づいた者たちが、続々と二人のいるところに集まり始めた。その中に、福島市松や桜井佐吉がいた。

——お主らの槍の刺し合いに興味はない。

あの時、佐吉が言っていたのは、兵助と市松の喧嘩のことだと権平は思っていたが、考えてみると妙だった。

二人は摑み合い殴り合いをしていたのであって、兵助が抜いたのも刀だ。槍を持ち出したわけではない。そう思うと、佐吉が吐いた「槍」という言葉に含まれた淫靡《いんび》な意味が浮かんでくる。

ここからは、権平が病床の佐吉から聞いた話である。

兵助が父から受け継ぎ、大事にしていた重代の兜を、孫六は差し出される度に地面に叩き付け、その度に兵助は泣きながらそれを拾い上げ、差し出した。

だが、思いは伝わらず、孫六は兜を置いてその場を立ち去った。

戦のために具足を着込んでいた兵助は、その場に両膝を突いて、男泣きに泣いていた。

この時、市松が余計な真似をしなければ、兵助は翌日の戦に兜を着けて出陣していただろう。

市松は呆れ顔で兵助の傍らに近づき、転がっている熊毛を張った頭形の兜を拾って兵助に渡そうとした。

——振られたな。何なら俺が兜を交換してやろうか？

兵助を励ますための冗談とはいえ、このひと言は深く兵助の心を傷つけた。

逆上した兵助は、市松に掴みかかり、強かに顔を殴りつけた。気の短い市松はこれに応じてしまい、手にしている兜で何度も兵助を殴りつける。

権平が仲裁に駆け付けたのは、まさにこの時だった。

市松に啖呵《たんか》を切った兵助は後に引けなくなり、意地になってしまった。今さら孫六に突き返された兜を着けて戦になど出られぬ。

それだけではない。孫六に拒まれた兵助は、半ばやけくそになっていた。

兜も着けずに真っ先に敵陣に斬り込んで一番槍を付け、馬上の拝郷五左衛門に襲い掛かって、あっさりと頭を貫かれて死んだ。自死を望んでいたとしか思えない。それほどまでに、兵助は孫六に思いを寄せていたのだ。

——石川兵助を死に追いやったのは、孫六、お主であろう。

権平が孫六を糾弾したのは、そのためであった。

「市松が執拗に拝郷五左衛門を追って討ち取ったのは、あやつなりに負い目を感じていたからであろう」

――あれは俺がやる。

――このままでは寝覚めが悪い。首はくれてやるから俺にやらせろ。

同じく拝郷五左衛門を追っていた権平に向かって、市松は確かにそう言った。

「左馬助様、お酒の用意ができました」

その時、唐紙障子《からかみしょうじ》の向こう側から、太助の声がした。

「入れ」

孫六が言う。

障子が開き、女中たちが箱膳に載った肴《さかな》を並べ始めた。

太助が鉄瓶《てつびん》に酒を注ぎ、孫六が使っている火鉢の五徳に載せて燗を付け始めた。

「面白い推察だったが、そんな話を俺に聞かせてどうする」

女中たちが去ってから、孫六が呟くように言った。

確かに、その通りだった。

今さらそんな話をしても始まらぬ。

賤ヶ岳の戦で七本槍の誉れを受けた二人の間には、もはや埋められぬほどの差が開きつつあった。

孫六は傍らに座している太助に、鉄瓶から盃に酒を注がせながら、言った。

「この太助だが、先頃、当家に士分として取り立てた」

「そうか。何石取らせている」

「まだ、ほんの百石ばかりだ」

昏に酒を運びながら孫六が言う。

「そうか。精進《しょうじん》しろよ」

権平も太助に注がせるため盃を差し出したが、その瞳を見て背筋にぞくりとしたものを感じた。

「いつか私も、平野様のような、武勇に長《た》けた立派な侍になりとうございます」

あどけないとばかり思っていた太助は、にやりとした笑いを浮かべ、瞼《まぶた》を三日月のように細めている。

世辞だけでなく、皮肉まで言うようになったか。

その奥にある瞳からは、いずれお前を出し抜いてやるという野心が感じられた。いつかお前よりも高い禄《ろく》を取るようになってやると。

もしや、こやつが兵助が自死するよう仕向けるため、支度の最中に孫六を誘ったのでは——。

ふと一瞬、そんな考えが過《よ》ぎったが、権平は頭を横に振って、その考えを払いのけた。

　太助の手にした鉄瓶から、権平の手元に酒が注がれる。盃の上に、ぼんやりと陽炎《かげろう》が立っている。

　一気に呷《あお》ると、いささか燗を付けすぎた酒が、喉を焼くようにして胃へと流れ込んできた。それは苦い味がした。


　賤ヶ岳の戦に於いて、一番槍を付けたにも拘わらず討死した石川兵助について、『武家事紀《ぶけじき》』巻第十四に、このような記述がある。

「石川内々加藤嘉明ニ男色ノ思入アリケルユヘニ、此時己レカ冑《かぶと》ヲヌイテ嘉明ニ著《き》セシム、嘉明怒テ人ノ冑ヲ著テ働コトヤアルト云テ冑ヲ弃《す》テ不レ著、コノユヘニ石川冑ヲ不レ著、一番ニ進出テ鎗《やり》ヲ合ス」。

　石川兵助には内々に嘉明に男色の思い入れがあり、この時（賤ヶ岳の戦のこと）、己の兜を脱いで嘉明に着せようとしたが、嘉明は怒って人の兜を着て働くことなどできるかと言って兜を捨ててしまい、着なかった。このため石川兵助は兜を着けず、一番に進み出て槍を合わせた、という内容である。

　また、『常山紀談《じょうざんきだん》』巻之六には、「濺《しず》か嶽《たけ》の前夜、石川兵助と福島市松と口論し、既に刺違ふべき體《てい》なりしを、座に有りし面々、明日の軍《いくさ》に身を捨てて高名を遂げらる可《べ》きに、こは如何なる事ぞ、と押留めければ、石川、面々の前にて口も得明かざる市松、何とて剛《こわ》き鎗先に向ふべき。明日我後影《わがうしろかげ》を見よかし、と言ひ捨てて出けるが、直《すぐ》に柳瀬に赴きて只一人眞先に進みて討死しけり」とある。

賤ヶ岳の戦の前夜、石川兵助と福島正則が、刺し違えるのではないかというほどの口論をし、周りが止めたが、兵助は捨《す》て台詞《ぜりふ》を吐いて、翌日、ただ一人で真っ先に斬り込んで討死したという記述である。

但し、兵助と市松が、何故に口論をしていたのか、その理由については何も書かれていない。

# 孫六の刀

天野純希

一

方々から笑い声が上がる中、加藤孫六茂勝《かとうまごろくしげかつ》は無言で盃《さかずき》に酒を注いだ。姫路《ひめじ》城本丸の広間では、城主の羽柴筑前守秀吉《はしばちくぜんのかみひでよし》と妻のお寧《ね》以下、ごくごく近しい者たちが新年の宴に興じている。

騒いでいるのは主に、孫六と同じ秀吉の近習《きんじゅ》たちだ。

加藤虎之助《とらのすけ》が下手糞《へたくそ》な歌と踊りを披露《ひろう》し、酒豪の福島市松《ふくしまいちまつ》と糟屋助右衛門《かすやすけえもん》は、大盃でいつもの飲み比べをはじめている。広間の隅では、近習の中でも年長の片桐助作《かたぎりすけさく》と平野権平《ひらのごんぺい》が差しつ差されつ、あれやこれやと議論している。

その中にあって、孫六は誰とも酌《く》み交《か》わさず、先刻から黙々と手酌を重ねていた。もともと人と交わるのは苦手で、酒宴の席でも大声で騒ぐようなことはない。そのせいで、陰気だの面白味がないだのと陰口を叩かれているのも知っている。だが今日は特に、大声で笑い合うような気分にはなれなかった。

「どうした、孫六。いつにも増して不機嫌そうだな」

徳利《とくり》を片手に隣に腰を下ろしたのは、石川兵助一光《いしかわへいすけかずみつ》だった。羽柴家古参の将、石川貞清《さだきよ》の息子で、孫六と同じく秀吉の近習を務めている。

「今宵は新年の祝いだけでなく、戦勝の宴でもあるのだ。もう少し愉《たの》しげにしてはどうだ。そんな仏頂面《ぶっちょうづら》では、嫁に来たがる女子《おなご》もおらんぞ」

屈託《くったく》のない笑顔で、兵助は孫六の盃に酒を注ぐ。

この正月で二十一歳になる孫六と同年の兵助は、色白細面の端整な顔立ちで、背丈も孫六の頭半分は高い。孫六は城内の女たちが、色黒でえらの張った厳《いか》めしい自分と引き比べ、兵助を誉《ほ》めそやしているのを何度も耳にしている。

「ふん、よくもこれほど浮かれていられるものだ。勝ちはしたが、戦らしい戦など、ほとんどなかったではないか。俺には、功名も立てずはしゃいでいられる連中の気が知れん」

「まあそう言うな。戦わずして勝利を得る。それが兵法《ひょうほう》というものだぞ」

孫六は再び「ふん」と鼻を鳴らす。賢《さか》しらに兵法など説く兵助が、何とも小憎らしい。

兵助は見目だけでなく、人となりも孫六とは反対だった。

激しやすく独断専行に走りがちな孫六と比べ、常に沈着冷静で、朋輩《ほうばい》たちからの信頼も厚く、さらには読み書きや学問にまで優れている。周囲からは羽柴家の屋台骨を支える重臣となることを期待され、本人もいずれ一軍を率い、将として名を挙げるのが夢だと公言して憚《はばか》らない。

そんな兵助が、何かと自分の世話を焼こうとするのが、前々から疑問だった。

空いた孫六の盃に酒を注ぎ、兵助は笑みを消した。

「雪解けになれば、柴田《しばた》との決戦だ。次の戦は、明智《あけち》との合戦よりもずっと大きなものになるだろう。我らの中にも、命を落とす者が出るやもしれん。今のうちにしっかりと楽しみ、英気を養っておくことだな」

童《わらべ》に言い聞かせるような口ぶりに舌打ちし、孫六は酒を呷《あお》った。

中国からの大返しを敢行した秀吉が惟任日向守《これとうひゅうがのかみ》こと明智光秀《みつひで》を打ち破った山崎《やまざき》の合戦は、昨年六月のことだった。秀吉は続く清洲《きよす》会議で信長《のぶなが》の嫡孫・三法師《さんぼうし》丸《まる》を擁立《ようりつ》し、織田家中の主導権を握っている。

だが、これを潔《いさぎよ》しとしない者たちが織田家中にはいまだ多い。その筆頭が越前北《えちぜんきた》ノ庄《しょう》城主・柴田勝家《かついえ》だった。勝家は水面下で信長三男の信孝《のぶたか》と結び、秀吉に対抗しようとしている。

これに対し、秀吉は昨年十二月、勝家の養子勝豊《かつとよ》が城主を務める近江長浜《おうみながはま》城を攻め、降伏させた。長浜城は元々秀吉の居城だったが、清洲会議の際に勝家に譲渡《じょうと》されていたのだ。

かつての居城を取り戻した秀吉は、余勢を駆って美濃《みの》に攻め入り、十二月二十日に岐阜《ぎふ》城の信孝を降伏に追い込んだ。越前の勝家が雪で動けない隙を衝《つ》いての、秀吉らしい素早い立ち回りだった。

しかし長浜でも美濃でも、敵が瞬《また》く間に降《くだ》ってしまったため、孫六ら近習衆には功名の立て時がなかった。孫六が不機嫌な原因は、そこにある。

孫六が羽柴家に仕えるようになって、今年で七年目になる。

一日も早く武功を挙げ、出世がしたかった。秀吉のように己の城を持ち、自前の家臣団を作り上げ、さらなる武功を目指す。それには、戦がなければ話にならない。

中国での毛利《もうり》との戦や、山崎の合戦でそれなりの手柄は立てたものの、孫六の今の石高はわずか六百石。その程度で終わるつもりなど、さらさらなかった。

来たる柴田勢との決戦では、誰よりも手柄を立ててみせる。

そして兵助や虎之助、市松よりも先に城持ち大名になって、これまで自分を猪武者《いのししむしゃ》と侮《あなど》ってきた連中を見返してやるのだ。

「殿。伊勢《いせ》より火急の報せが届いております」

宴の喧噪《けんそう》を割って広間に現れたのは、石田佐吉三成《いしださきちみつなり》だった。秀吉が三成を手招きし、座が静まり返る。

三成は近江出身で、寺小姓をしていたところを秀吉が自ら出向いて家臣に取り立てた男だ。孫六より三つ年長で、武芸こそ不得手だが、近習の中では最も頭が切れると言われている。備中高松《びっちゅうたかまつ》から姫路まで、宿場ごとに兵糧《ひょうろう》や松明《たいまつ》を用意させることで大返しを成功に導いたのも、この三成だった。

三成の耳打ちに、秀吉はにやりと不敵な笑みを見せた。盃を置いて立ち上がるや、声を張り上げる。

「者ども、戦じゃ」

すわ、柴田勝家が動いたか。孫六は色めき立ったが、よくよく考えれば、この季節に北国《ほっこく》の勝家が兵を出せるはずはない。

秀吉が言うには、伊勢長島《ながしま》城主・滝川一益《たきがわかずます》が反秀吉の旗幟《きし》を鮮明にし、周辺の羽柴方の諸城を落としたのだという。秀吉は直ちに伊勢への出陣を下知《げち》した。広間に集った一同は沸き立ち、城内が慌ただしく動きはじめる。

勝家ほどではないが、一益も織田家で重きをなした名将の一人だ。相手にとって不足はない。名のある将を討ち取れば、伊勢で城を与えられることも夢ではないはずだ。

一月五日、姫路城に集結した羽柴軍は、出陣の時を待っていた。

気づけば、いつも孫六の傍らにいるはずの兵助の姿がない。近くにいた糟屋助右衛門に訊《たず》ねると、秀吉から別の役目を命ぜられ、信濃へ向かったのだという。

「役目とは何だ？」

「何でも、上杉《うえすぎ》家の家来で信州海津《しんしゅうかいづ》城主の須田満親《すだみつちか》とかいう御仁のところへ出向いて、上杉殿にお味方するよう説いてもらうんだそうだ」

確かに、越後《えちご》の上杉景勝《かげかつ》が東から越中《えっちゅう》を脅かせば、勝家は兵力を二手に分けるしかないだろう。越中富山《とやま》城を守る猛将・佐々成政《さっさなりまさ》が決戦に参加できなくなれば、戦は俄然《がぜん》、羽柴方が有利になる。

「しかしなぜ、そんな重大な御役目を兵助が？」

「まあ、あいつは学があるし、弁も立つからな。俺やお前じゃ務まらん」

助右衛門はあっけらかんと笑うが、孫六は内心穏やかではなかった。秀吉は、三成にしろ兵助にしろ、ただの武辺者《ぶへんしゃ》よりも、奉行仕事や他家との交渉術に優れた者を重用する傾向が強い。自分が出世争いで後れを取っていることを、助右衛門はまるで理解していないのだ。

まあいい。それならば、俺は兵助のいない間に武勲《ぶくん》を立てるまでだ。学があろうとなかろうと、戦場で名のある敵将を討ち取れば、秀吉も自分に城を預けようと考えるかもしれない。

願わくは、滝川一益との一戦は華々しい野戦になってほしいものだ。

二

姫路を発った秀吉はゆるゆると軍を進め、一月九日には安土《あづち》城で三法師丸に伺候《しこう》した後、一月以上も近江にとどまっていた。

その間に、上杉景勝は秀吉に味方することを約束していた。兵助は、見事に役目を果たしたのだ。朋輩に対する嫉妬《しっと》の念を、孫六は苦心して押し殺すしかなかった。

ようやく伊勢への出陣を命じられたのは、二月二十日だった。秀吉は軍を分け、三方向から伊勢に攻め入るよう下知している。

左翼は弟の秀長《ひでなが》率いる二万五千。中央は甥の三好秀次《みよしひでつぐ》の二万。右翼が秀吉自ら率いる三万。総計七万五千の大軍だった。対する滝川勢は、間者の報告ではせいぜい六千ほどだという。

「何ということだ」

近江、伊勢国境の山道で馬を進めながら、孫六は嘆息した。

「どうした。戦を待ち望んでいたのではないのか？」

轡《くつわ》を並べる兵助が訊ねた。

「味方が多すぎる。これでは、あっという間に戦が終わってしまうではないか。下手をすれば、敵は戦わずして降ってしまうやもしれん」

「愚かなことを」

言ったのは、二人のすぐ後ろを馬で進む石田三成だった。

「まだそのようなことを申しておるのか。戦は、味方の兵を損なわずして勝利を収めるが最上。端武者《はむしゃ》のごとき考えに囚われておっては、いつまで経っても殿から一軍を任されることはあるまい」

「おのれ、言わせておけば……」

「よせ、孫六。悔しければ、石田殿が認めざるを得ないほどの大手柄を立てればいい」

「そういうことだ。せいぜい励《はげ》め」

三成の冷ややかな言葉には答えず、孫六は手綱を握る手に力を籠《こ》めた。

水口《みなくち》を経て伊勢に入った秀吉本隊は、激戦の末に亀山《かめやま》城を攻め落とし、国府《こう》、関《せき》を降して峰《みね》城を包囲した。しかし、城兵の抵抗は頑強で、羽柴軍は多くの犠牲を払いながら、一向に攻略の糸口も摑《つか》めない。秀吉は力攻めから持久戦に切り替えたものの、二十日近く経っても城兵は降伏を拒み続けていた。

この間、孫六はほとんど戦の場に出ることなく、秀吉の本陣を固めていた。亀山城攻めでは加藤虎之助が先陣を命じられ、秀吉から感状と刀一振を与えられている。だが秀吉は、何度申し出ても孫六を戦場に出そうとはしなかった。

これまでさしたる武勲のない虎之助が先鋒に抜擢《ばってき》されたことが、孫六には納得がいかない。秀吉は、自身の遠い縁戚に当たる虎之助を贔屓《ひいき》しているのではないか。そんな疑念が頭を離れない。孫六は加藤の名字を名乗ってはいるが、虎之助や秀吉とは何の血縁関係もなかった。

三月に入り数日が過ぎた頃、突然陣払いが下知された。

「陣払いだと。どういうことだ、兵助」

「柴田勝家が北ノ庄を出陣し、近江へ向かったとの報せが入ったのだ」

越前の雪は、いまだ解けてはいないはずだ。それでも出陣を強行したのは、滝川一益の窮地《きゅうち》を見かねたためか。それとも、秀吉が伊勢に釘付けになっている間に、長浜を奪回するつもりなのか。

秀吉は織田信雄《のぶかつ》、蒲生賦秀《やすひで》の軍を残して滝川勢に備えさせ、即座に近江表へ取って返した。伊勢に兵を割《さ》いても、その総勢は五万に及ぶ。長浜を経て木之本《きのもと》まで北上すると、柳ヶ瀬《やなせ》まで進出した柴田勢の陣容が見えた。

「勝家め、山に陣取って平場での戦を避けるつもりか」

山上に翻《ひるがえ》る柴田勢の旌旗《せいき》を睨《にら》み、秀吉が言う。平地でまともにぶつかれば、数の多い羽柴勢が有利ということだろう。敵はそれぞれが陣取った山々に柵や土塁を築き、長期戦に備えている。

「殿!」

孫六は秀吉の前に進み出て、片膝をついた。

「何卒《なにとぞ》、この孫六めに先陣の栄誉を賜りたく。敵が陣城を築き備えを固める前に、柴田勢を蹴散《けち》らしてご覧に入れまする」

意気込んで進言する孫六を一瞥《いちべつ》し、秀吉は失望したように小さく息を吐いた。

「控えよ。そなたの出る幕ではないわ」

「何故にございます。陣城が出来上がってからでは……」

「控えよと申しておる！」

秀吉の怒声に、本陣が静まり返った。

「誰がそなたに意見を述べてよいと申した。そなたは大人しく我が本陣を固めておればよいわ！」

誰か、このたわけをつまみ出せ。秀吉の命を受け、虎之助や市松らが孫六の両腕を抱える。

「殿、何卒……何卒、功名の機会を！」

「黙らぬか、孫六！」

近習の中でも最も大柄な二人に抱えられては、抗《あらが》う術《すべ》もない。本陣から追い出された孫六は拳を固め、地面を殴りつける。

結局、秀吉は攻撃の下知を出すことなく、諸勢に陣城の構築を命じた。

秀吉もまた、決戦を避け、長期戦に持ち込むつもりなのだろう。互いが見える距離にまで近づいておきながら、喊声《かんせい》も筒音も起こらない。聞こえるのはただ、砦《とりで》を築く槌音《つちおと》ばかり。孫六も日雇い人足のように土を掘り返し、材木を運び、泥にまみれた。

なぜ、秀吉は自分に活躍の場を与えようとしないのだ。機会さえ与えられれば、虎之助などよりよほど大きな手柄を立てられる。それなのになぜ、誰も俺の力量を信じないのだ。

口惜しさに打ち震えながら、孫六は彼方《かなた》の山々に陣取る敵の姿を睨み、黙々と役目をこなした。

結局、このまま大きなぶつかり合いになることはないと判断したのか、秀吉は在陣十日ほどで、本隊の撤収を下知した。孫六も失意のまま、長浜への帰途につく。

「己の手柄ばかりでなく、戦の大局も見ろ。殿は、そう仰せになられたのだ」

長浜で悶々《もんもん》と日々を過ごす孫六に、兵助が言った。近習仲間の多くも孫六を避け、話しかけてくるのは兵助くらいのものだ。

「我ら近習衆はいずれ、一軍を率いる立場になる。殿はその時のために、そなたに戦というものをしかと学んでほしいと考えておられるのではないか?」

兵助の言葉も、孫六のささくれ立った心には届かない。

自分はもう二度と戦場に出ることはないのか。長浜へ向かう孫六の足取りは重い。

三

最初の記憶は、どことも知れない河原に建てられた、粗末な小屋の景色だった。冷たい隙間風が吹き込み、雨漏りの雫《しずく》が頰を濡らす。水のように薄い粥を啜《すす》る幼い孫六の隣で、父は一人、呟くような声で念仏を唱えていた。

あの頃は、屋根がある場所で寝られればまだましな方だった。京・賀茂《かも》河原の橋の下や道々の者が集まる寺の境内《けいだい》、街道脇の木陰で筵《むしろ》にくるまって眠ることの方がはるかに多い。

父の岸三之丞教明《きしさんのじようのりあき》は牢人だった。母は、孫六が物心つく前に流行《はや》り病で死んだという。

岸家は三河《みかわ》国幡豆《はず》郡の小豪族だったが、孫六が生まれて間もなく、父は一向一揆に加担して徳川家康《とくがわいえやす》に戦いを挑み、敗れて国を追われたのだ。同じように一揆に加わった三河武士の多くは家康に降参したが、父は信仰と保身を秤《はかり》にかけ、信仰を選んだのだ。

実直だが不器用で、人付き合いも上手くない父だった。武芸の腕を見込まれて仕官しても、すぐに同僚と諍《いさか》いを起こし、暇《いとま》を出されることを繰り返す。父は鬱屈《うつくつ》を晴らすかのように、幼い孫六に武芸を叩き込んだ。

「我らは武士ぞ。強くあらねばならぬ」

それが口癖だった父は、孫六が十歳の時に死んだ。困窮《こんきゅう》の末に追い剝ぎを働き、返り討ちに遭ったのだ。相手はたった一人の武士だったが、父はその力量を見誤ったのだろう。

草陰から父の死に様を見ていた孫六は、すぐにその場から逃げ出した。仇《かたき》を討とうなどという考えは露《つゆ》ほども浮かばない。あるのはただ、圧倒的な恐怖だった。

その後、孫六は近江の馬商人に拾われ、その下で働いた。人よりも馬と過ごしている方が性に合ってはいたが、貧しさはさして変わらず、仕事は苛酷で人使いも荒い。苦役に耐えかねて脱走を図った朋輩を鞭打つよう命じられることも、しばしばだった。

だが、何より孫六を苦しめたのは、ここは自分が本当にいるべきところなのかという疑念だった。自分の生きる道は、どこか別の場所にあるのではないか。その思いは、拭《ぬぐ》っても拭っても消えることはなかった。

違和を抱えたまま三年が過ぎ、孫六は馬商人に従い近江長浜を訪れた。馬の買い手は長浜城主・羽柴筑前守秀吉。貧しい百姓の出だが、その才気を織田信長に認められ、一城の主にまで成り上がったのだという。

馬商人と秀吉家臣・加藤景泰《かげやす》との商談の中で、長浜城内にひどい悍馬《かんば》がいるという話が出た。あまりに気性が荒く、家中の者は誰も乗りこなせないのだという。

「それならば、我が奉公人に調教させましょう」

馬商人の命で孫六が瞬く間にその悍馬を乗りこなすと、景泰は大いに感嘆し、訊ねた。

「そなたは馬術もさることながら、その胆力には見るべきものがある。亡き御父上のためにも、武士として生きる気はないか？」

一も二もなく、孫六は頷《うなず》いた。武士として生きるとはどういうことなのか、幼くして父を亡くした孫六にはわからない。それでも、ここではない場所へ行きたいという願望に抗うことはできなかった。

翌日、孫六を主君の秀吉に引き合わせた。

「なるほど。景泰ほどの猛者《もさ》が見込んだのであれば、間違いはあるまい。加藤家の猶《ゆう》子《し》となり、当家に仕えるがよい」

しかと励めよ。猿に似た愛嬌《あいきょう》のある顔に満面の笑みを浮かべ、新たな主君が言う。

その瞬間、唐突に思った。自分は救われたのだ。自分の生きる道は、この御方と共にある。何の根拠もないまま、孫六は確信した。

あれから八年。必死に励んではきたが、いまだに戦場で目の覚めるような手柄を挙げることができずにいる。

三月末に長浜へ帰還した秀吉は、四月半ばになっても動こうとしていない。柳ヶ瀬の柴田勢も動きを見せず、互いに無数の砦《とりで》を築いて睨み合ったまま、すでに一月が過ぎようとしていた。

孫六は長浜城で、一人黙々と槍の稽古に励んでいた。手柄を立てて秀吉の勘気を解くには、腕を磨《みが》くしかない。父が死んだのも、自分が仇を討とうともせず逃げ出し、馬商人の下僕にまで落ちぶれたのも、すべては弱いからだ。

はじめて秀吉に会った時の確信は、本当に正しかったのか。

あれからしばしば頭をもたげる疑問を振り払うように、孫六は見えない敵に槍を繰り出し続けている。

秀吉が突如陣触れを発したのは、四月十七日のことだった。一度は降伏した岐阜の織田信孝が、再び兵を挙げたのだという。

秀吉は二万の軍を率い急遽出陣するも、折からの大雨で揖斐《いび》川の堤が決壊し、大垣で足止めを食うこととなった。翌日には雨は上がったものの、水は引かず、岐阜まで進むことはできない。

「この形勢は、まずいのではないか？」

大垣の陣で、孫六は兵助に訊ねた。

「この機に柴田勢が動いて木之本のお味方が崩れれば、我らは背後を衝かれ、信孝勢と柴田勢に挟み撃ちにされる。しかも、伊勢には滝川勢も健在だ」

木之本に残した兵は、秀吉の弟秀長の率いるおよそ三万。柴田勢と同等だが、決定的な違いは総大将がいるかいないかだ。勝家が総力を挙げて攻勢に出れば、味方は総崩れにもなりかねない。

兵助は驚いたようにしばしこちらを見つめ、やがてにやりと笑った。

「お前もようやく、戦の大局を考えるようになってきたな」

「何だ、偉そうに」

「確かに、形勢は三方に敵を抱えたお味方に不利だ。だがこれで、膠着《こうちゃく》した戦況が動く契機になる」

「どういうことだ」

「肉を切らせて骨を断つ。殿は、それを狙っておられるのではないか。だとすれば、この雨で岐阜まで進めないのは、我らにとって好都合だ。岐阜からなら難しいが、ここからならば木之本まで半日もあれば駆けつけられる」

確かに、秀吉はこの滞陣にも苛立った様子はなく、むしろ喜んでいるようにさえ見える。勝家が動くと同時に木之本へ向かうつもりならば、秀吉の様子にも納得がいく。

だが大垣からでも、木之本まではおよそ十三里もの距離がある。敵が動いてから引き返して、はたして間に合うのだろうか。

「昨夜から、陣中に石田殿の姿が見えん。気づいているか？」

そういえば、いつも忙しなく陣中を歩き回っている三成を、今日は見ていない。長浜を出陣した時には、確かにいたはずだ。

思えば以前にも、似たようなことがあった。

あれは、中国大返しの直前だった。三成は味方に先行して、街道沿いの村々で兵糧や松明を用意させていたのだ。

「まさか、殿は再び大返しを？」

「恐らくはな」

翌二十日未《ひつじ》の刻過ぎ、木之本から早馬がもたらされた。

未明に柴田勢の佐久間盛政《さくまもりまさ》が、中川清秀《なかがわきよひで》の守る大岩山《おおいわやま》砦に奇襲を仕掛けたという。

「直ちに木之本へ向かう。武具も兵糧も、すべてここに置いていくのだ」

秀吉の命に、諸将がざわついた。中国大返しの時でさえ、最低限の武具は身につけて駆けたのだ。

「案ずるな。武具も兵糧も玉薬《たまぐすり》も、長浜にたんと用意してある。皆はただひたすらに、疾《と》く駆けることのみを考えよ」

まるでこの時を待ち焦がれていたかのように、秀吉の表情は晴れやかだった。

敗けることなど、露ほども頭にないのだろう。この御方に付いていけば、敗れることなどないと心の底から思える。これが、優れた将というものなのか。

「進め。いざ、大返しぞ！」

秀吉の叱咤に、鯨波《げいは》が上がった。中国大返し、いや、あの時以上の速さで軍勢が動き出す。

待ちに待った、決戦の時だ。闘志を裡《うち》に秘め、孫六は馬を前に進めた。

四

行軍の間にも、木之本からは次々と注進がもたらされた。

佐久間盛政隊は大岩山砦を攻略し、守将の中川清秀は討死。続いて岩崎山《いわさきやま》砦も陥落し、高山重友《たかやましげとも》は敗走した。佐久間隊はさらに賤《しず》ヶ岳《たけ》砦にも猛攻を開始し、砦は陥落寸前だという。また、柳ヶ瀬の勝家本隊もこれに呼応し、南の狐塚《きつねづか》にまで進出したとのことだった。

情報は断片的だが、味方が劣勢にあることは間違いない。佐久間盛政は、織田家中でも名の知れた猛将だ。賤ヶ岳砦の陥落も、時間の問題だろう。

日はとうに落ちていた。だが、街道脇に灯された松明のおかげで足元に不安はない。途中の村で握り飯を食い、水を飲み、馬も替えた。大垣を発って二刻《とき》以上が過ぎたが、行軍の速度はほとんど衰えてはいないだろう。

長浜にたどり着くと、すでに武具兵糧が山のように用意されていた。三成とその配下が手際よく兵たちを並ばせ、手渡していく。

「さすがは石田殿。見事な手配りではないか」

兵助の言葉に、頷かざるを得ない。

三成は三成なりのやり方で、立身出世していくのだろう。こうした細やかな手配りは、自分に真似できることではない。だが自分には、磨きに磨いた槍の腕がある。戦の場に出さえすれば、必ず手柄にありつけるはずだ。

具足を着込み、再び馬を替え、さらに北を目指した。徒《かち》の兵たちも、遅れることなくついてきている。あと半刻も駆ければ、木之本にたどり着くだろう。

十三里の道のりを、およそ二刻半で駆け通す。それは、驚異的な速さだった。柴田勢の誰も、これほど早く秀吉本隊が駆けつけるとは想像すらもしていないだろう。

木之本に着陣すると、ようやく詳しい戦況がわかってきた。

猛攻に晒《さら》されていた賤ヶ岳砦は、海津に上陸した丹羽《にわ》長秀《ながひで》の軍勢が合流することで、辛うじて持ちこたえていた。

佐久間盛政隊は、余呉《よご》湖の南岸から賤ヶ岳の北にかけて陣地を築き、そこにとどまっているという。佐久間隊の陣容は盛政以下、勝家の養子勝政《かつまさ》、徳山則秀《とくやまのりひで》、拝郷家嘉《はいごういえよし》ら。兵力はおよそ八千とのことだった。

「拝郷がいるのか」

その名に、一同がどよめいた。

拝郷五左衛門《ござえもん》家嘉。織田家家臣で、柴田勝家の与力として北国を転戦してきた勇将だ。

加賀《かが》一向一揆との戦では無双の活躍を見せ、勝家から加賀の要衝・大聖寺《だいしょうじ》城を任されている。彼の地では、泣いた童には「拝郷が来るぞ」と言えば、恐怖のあまりたちどころに泣き止むなどという話も聞く。

拝郷がいるのであれば大岩山、岩崎山がいとも簡単に落とされたのも納得がいく。

一刻後、こちらの着陣に気づいた佐久間隊が撤退を開始したという注進が入った。余呉湖の南から西へ回り込み、北の本隊と合流するつもりなのだろう。

「よし、この機を逃すな。我が主力をもって、佐久間隊の追撃に向かう。勝家本隊には、秀長と堀秀政《ほりひでまさ》を当てる。直ちにかかれ！」

夜間、しかも山中の撤退は困難を極める。この機を捉えれば、柴田家中でも最強と謳《うた》われる佐久間隊を殲滅《せんめつ》することも、不可能ではない。

「いよいよだな。腕がなるぞ」

「ああ。佐久間盛政の首は、俺がいただく」

松明に照らされた山道を登りながら、虎之助や市松らが言い交わしている。美濃から駆け通してきたばかりだが、他の将兵も士気は高い。

いったいどうすれば、秀吉のように配下の心を思うまま操れるのか。駆けながら考えるが、まるで想像がつかない。

いや、今は目の前の戦に集中しろ。この闇の先に、敵は確かにいるのだ。

やがて、前方から干戈《かんか》の音が聞こえてきた。味方の前衛が、敵の殿軍《しんがり》とぶつかったらしい。狭い山道で、両側には木々が生い茂っている。前方の様子はまるでわからない。

得物を打ち合う音。喊声。地鳴りのような敵味方の足音。孫六の全身を、熱い血が駆け巡った。覚えず、槍を握る手に力が入る。

味方の前衛は、殿軍に立った拝郷家嘉の巧みな用兵に阻まれ、苦戦していた。伏兵や側面からの攻撃を織り交ぜながら戦っては退くことを繰り返し、時には自ら先頭に立って斬り込んでくる。追撃をはじめてそれほどの時は経っていないが、味方の損害はかなりの数に上っていた。

「拝郷は崩せぬか」

苛立ちを見せながら、秀吉が下知した。

「佐久間、拝郷は捨て置け。進路を転じ、賤ヶ岳の柴田勝政勢を突き崩すのだ」

孫六は視線を左へ転じた。明けかけた空の下、賤ヶ岳の北を撤退中の柴田勝政勢がはっきりと見える。

「進め！」

号令が飛び、喊声が上がった。孫六は槍を小脇に抱え、味方を掻き分け前へ進む。

「おい孫六、隊列を乱すな。戻れ！」

「ぬるいことを申すな。敵はすぐそこにおるのだぞ！」

兵助の制止を振り切り、斜面を駆け上った。

「孫六ばかりに手柄を立てさせるな。続け！」

虎之助や市松らも、後に続いてくる。斜面の上から矢玉が降り注ぎ、周囲の味方がばたばたと倒れる。先頭はすでに、敵とぶつかっているようだ。

すぐに、敵味方の斬り合いが見えてきた。孫六は雄叫《おたけ》びを上げ、戦場の最中へ突っ込んでいく。

「羽柴筑前守が近習、加藤孫六茂勝！」

名乗りを上げると、数人の足軽が向かってきた。

山道で足場は悪いが、この程度の相手はどうということもない。突き出された槍を撥《は》ね上げ、顔面を抉《えぐ》り、石突《いしづき》で足を払った。倒れた相手の喉元を突き、次の相手を求める。雑兵《ぞうひょう》の首など、いくら獲ったところで手柄にはならない。

「御大将は何処《いずこ》ぞ。いざ、推参《すいさん》なり！」

腹の底からの咆哮《ほうこう》に気圧《けお》されたように、敵の足軽が後ずさっていく。味方もそれに力を得たのか、敵を押しはじめていた。

群がる足軽を払いのけながら、兜首《かぶとくび》を探す。

十間《けん》ほど先に、騎馬武者の姿が見えた。鎧《よろい》兜《かぶと》の造作からすると、それなりの地位にある将だろう。

狙いを定め、駆け出す。騎馬武者を守る郎党を突き伏せ、馬の脚を薙《な》いだ。嘶《いなな》きを上げ、棹立《さおだ》ちになった馬から武者が転げ落ちる。すかさず槍を捨てて駆け寄り、馬乗りになった。

「おのれ、下郎が！」

激しく抗う武者の両腕を膝で押さえつけ、脇差を抜いて首筋に宛がう。

刃を強く押し込むと、噴き出した熱い血が顔を濡らした。武者の体が数回大きく震え、それきり動かなくなる。荒い息を吐きながら、脇差を鋸《のこぎり》のように動かし、顎《あご》の線に沿って首を落とした。切り取った首の髻《まげ》を、腰の帯に結わえつける。

ついに獲った。はじめての兜首。だが感慨に耽《ふけ》る間もなく、前方から馬蹄の響きが聞こえてきた。

敵の新手。数十、いや数百はいそうだった。

先頭を駆ける騎馬武者が、味方を次々と槍にかけていく。黒ずくめの鎧兜に金の前《まえ》立《だて》。その槍がどう動いたのか、孫六には見えなかった。

「拝郷だ。拝郷が来たぞ！」

悲鳴にも近い声で、誰かが叫んだ。

佐久間隊への追撃がやんだと見て、直ちに勝政隊の救援に駆けつけたのか。それにしても、信じられない速さだった。

拝郷は、槍で足軽の胴を貫くや高々と掲げ、味方の密集する中へ放り投げる。味方は恐慌を来《きた》し、背を向けて逃げ出す者が出はじめた。

孫六は笑みを浮かべ、舌なめずりする。あれほど手柄になる将とは、そうそう出会えるものではなかった。

あの男さえ討てば、もう誰も自分を侮りはしない。秀吉も勘気を解き、自分に目をかけてくれるはずだ。興奮に痺《しび》れる頭で考え、槍を握り直す。

「拝郷家嘉殿とお見受けいたす！」

駆けながら叫び、無人の野を行くが如き拝郷の正面に立った。

「小童《こわっぱ》が、死ににまいったか」

拝郷の視線に見据えられた刹那《せつな》、背筋が震えた。

恐怖か。馬鹿な。脳裏をよぎった考えを振り払い、槍を構えた。

「我が槍、とくと御覧《ごろう》じろ！」

間合いを詰め、馬の脚を狙って槍を繰り出す。

直後、拝郷の槍が、孫六の槍の柄を叩いた。痺れが肩まで伝わり、孫六は思わず槍を取り落とす。

「おのれ……！」

腰の刀に手をかける。だが、刃を引き抜くより先に、孫六の視界に拝郷の槍の穂先が映った。咄嗟《とっさ》に首を捻《ひね》る。風が頬を打ち、右の頬から耳にかけて灼《や》けるような痛みが走った。

不意に、草陰から目にした父の死に様が頭に浮かんだ。

父が襲った武士は、繰り出される槍をことごとくかわし、弄《もてあそ》ぶように刀を振るう。無数の斬撃を浴び、血飛沫《ちしぶき》が舞う。槍を取り落とした父は刀を抜くが、その腕の肘《ひじ》から先を斬り飛ばされた。そして、這《は》いつくばって命乞いする父の脳天を、武士の刀が断ち割る。

なぜ今、こんなものを思い出すのか。

次の刹那、全身を凄まじい衝撃が駆け、天地が回った。

五

目が覚めると、生い茂る樹々の梢が見えた。

体のあちこちが痛む。つまりは、生きているということだ。

頭の下にあるのは、太い木の幹か。拝郷に槍の柄で打たれて斜面を転げ落ち、この幹に頭をぶつけたのだろう。先刻獲った首も、どこかにいっていた。

どれほど気を失っていたのか、喊声はずいぶんと遠くなっている。だが、まだ戦は終わってはいない。

体を起こしかけ、呻《うめ》き声を漏らした。

左肩。ここを打たれたのか。骨にひびでも入ったらしく、左腕が思うように動かせない。だが、もしも頭を打たれていたら、間違いなく死んでいた。顔の傷も思ったよりは浅く、血はすでに止まっている。

まだ、運に見放されたわけではない。歯を食い縛り、全身に力を籠める。

拝郷家嘉。聞きしに勝る猛将だった。槍がどう動いて自分を襲ったのか、まるで見えなかったのだ。

だが、相手に負けたこと以上に、恐怖に身が竦《すく》んだ自分自身が許せなかった。俺は、父とは違う。這いつくばったまま終わってたまるか。

痛みに呻きながら、なんとか立ち上がった。あたりは、敵味方の屍《しかばね》が無数に転がっている。血と汗と、骸《むくろ》から漏れ出た糞便《ふんべん》の臭い。鼻が曲がりそうな悪臭に顔を顰《しか》めつつ、あたりを見回す。

余呉湖の西岸に、軍勢が見えた。撤退する敵を、味方が追い討ちに討っている。一時は拝郷に押されていたが、味方は数で押しきったのだろう。

痛みに耐えながら、賤ケ岳を駆け下りた。乗り手を失った馬に跨《また》がり、余呉湖の畔《ほとり》を駆ける。揺れに合わせて左肩が悲鳴を上げるが、怒りと屈辱《くつじょく》が孫六を支えていた。

半里ほど駆け、味方の最後尾に追いついた。

兵が密集し、これ以上先には進めない。馬首を巡らし、山へ分け入った。細かい手綱捌《さば》きで木々の合間をすり抜け、味方を追い越していく。

「孫六！」

味方の中から声が上がった。

「無事だったか！」

兵助だった。徒歩立《かちだ》ちのまま、駆け寄ってくる。その腰には、首級が二つ括《くく》りつけてあった。

「戦はどうなっている？」

「殿の采配で、賤ヶ岳の勝政隊は殲滅《せんめつ》した。狐塚でも、前田利家《まえだとしいえ》らの隊が戦場を離脱したらしい。お味方の勝利は疑いないぞ」

「拝郷は？」

「賤ヶ岳では取り逃がした。恐らく、正面の敵の中にいるはずだ。それより、傷を負っているようだが」

「この程度、どうということもない」

馬腹を蹴ろうとしたところで、兵助が轡を摑んだ。

「止めるな。俺は拝郷の首を……」

「いい加減、目を覚ませ。殿が俺たちに求めているのは、一軍を率いる将となることだ。兵としての手柄ではないぞ」

「知ったことか。拝郷を討たねば、俺はこの先、武士として生きてはいけんのだ」

しばし睨み合ったが、兵助は諦めたようにふっと息を吐く。

「槍も兜も無しで、あの拝郷とやり合うつもりか。死ににいくようなものだぞ」

そう言って、兵助は自分の兜を脱いだ。

「これを使え」

「いらん」

手渡された兜を、孫六は投げ捨てた。己の力で拝郷を討つことに意味がある。誰の助けも借りるわけにはいかない。

兵助は兜を拾おうともせず、無言のままこちらを見つめる。目を逸らし、孫六は馬を進めた。

さらにしばらく駆けると、ようやく敵の殿軍が見えてきた。盛政本隊の撤退を支援するため、数百が踏みとどまって羽柴勢の猛攻に耐えている。

馬を乗り捨て、刀を抜く。拝郷の姿は見えないが、何かに衝き動かされるように敵の只中《ただなか》へと斬り込んだ。群がる敵兵を斬りのけながら、拝郷を探す。

首を薙ぎ、喉を突き、腕を斬り飛ばす。自分がどう動いているのかさえ、定かではない。拝郷。何度も叫んだ。手柄も戦の勝ち敗けも、頭にはない。ただ、あの男に勝ちたい。その思いだけが、疲弊しきった体を動かしている。

気づくと、周囲から敵兵が退《ひ》きはじめていた。代わりに、味方ばかりが見える。兵助や虎之助、市松らの姿もある。あの三成も、槍を振るって戦っていた。味方の勢いに押され、敵の殿軍は総崩れとなって敗走していく。

直後、馬蹄の響きが聞こえてきた。逃げる敵兵を掻き分け、別の一隊が突っ込んでくる。数は、五百ほどか。

孫六は、先頭を駆ける黒ずくめの騎馬武者を凝視した。

拝郷家嘉。歓喜と恐怖が、同時に全身を駆け巡る。

「その首、もらった！」

先に拝郷へ向かっていったのは市松だった。雄叫びを上げて挑んでいくが、拝郷の槍が一閃し、市松の槍を弾き飛ばす。虎之助と糟屋助右衛門が後に続いたが、結果は同じだった。

拝郷隊と羽柴勢が、そこここでぶつかっている。敵味方が入り乱れる中、拝郷が孫六に視線を向けた。その口元に、かすかな笑みが浮かぶ。

「小童、我が槍を受けながら、よくぞ生きておった！」

馬首をわずかに転じ、こちらへ向かってくる。孫六は刀を構え、動かない。

拝郷は馬の脚を緩めない。互いの距離が詰まる。あと数歩で、拝郷の槍が届く間合いだ。

頭をもたげかける恐怖を抑えつけ、孫六は拝郷が槍を引いた瞬間を見計らい、刀を投げつけた。

同時に、馬の前に身を投げ出しながら脇差を抜き、馬の脚を薙ぐ。嘶きが上がり、激しい音を立てて拝郷が落馬する。

立ち上がり、落ちた刀に手を伸ばす。殺気を感じて振り返った刹那、胴に衝撃を受け、後ろへ吹き飛ばされた。すでに起き上がっていた拝郷に、槍の石突で一撃を浴びたのだ。あばらの一本か二本は折れているかもしれない。

咳き込みながら、頭を起こす。兜を失い、顔面を血に染めた拝郷が、こちらを見下ろしていた。

「羽柴筑前殿の御首級《みしるし》を頂戴《ちょうだい》するつもりであったが、最早かなうまい。代わりに、そなたの首で我慢してやろう。ありがたく思え」

拝郷が槍を捨て、刀を抜いた。

ここまでか。孫六の刀は、拝郷の足元に落ちている。戦うどころか、立ち上がることすらできそうになかった。これまで動き続けたつけが回ってきたかのように、四肢《しし》はぴくりとも動いてはくれない。

「覚悟いたせ」

拝郷が刀を振り上げたその時、視界の隅に兵助の姿が映った。

槍を手に、拝郷の背中目がけて突っ込んでくる。孫六が投げ捨てたきり捨て置いたのか、兜もかぶっていない。

よせ。叫ぼうとしたが、声が出ない。拝郷は蝿でも追い払うかのように刀を振り、兵助の槍を弾いた。

兵助はそれでも怯《ひる》まず刺突を繰り出すが、拝郷に掠《かす》りもしない。痺れを切らせたように、拝郷が一歩踏み出した。

振り下ろされた刀が、兵助の顔面を斜めに切り裂く。さらに、たたらを踏む兵助の喉元へ切っ先が吸い込まれた。

叫び声を上げ、孫六は跳ね起きた。

拝郷の足元に落ちていた刀を拾い、斬りかかる。傷の痛みも、刀の重さも感じない。孫六の放つ無数の斬撃に押され、拝郷がわずかに後ずさった。

「小童が！」

鍔《つば》迫《ぜ》り合《あ》いの形になり、はじめて拝郷の顔から余裕が消えた。とてつもない膂力《りょりょく》で押し返され、数歩後退する。

さらに踏み込んできた拝郷が放った上段からの斬撃を受け止めた刹那、孫六の刀は甲高い音を立てて折れた。咄嗟に組みつこうとしたが、胴を蹴り飛ばされ、仰向けに倒れる。

「孫六を討たせるな！」

市松が叫び、駆け寄ってきた。虎之助や助右衛門、片桐助作や平野権平も後に続いてくる。

五人を相手にしても、拝郷に焦りは見えない。逆に、五人が押されているほどだ。さらには拝郷の麾下《きか》が大将の危機を救おうと殺到し、あたりは乱戦の様相を呈していた。

孫六は体を起こし、倒れた兵助のもとへ這い寄った。

兵助は血で汚れた顔をこちらへ向けた。「生きていたか」とでも言うように、口元に小さな笑みを浮かべている。その端整な顔は斜めに斬り裂かれ、左目が潰れていた。喉元の傷口からも、絶え間なく鮮血が溢れ出ている。もう、助かりはしないだろう。

「……何故だ」

搾《しぼ》り出すように訊ねる。兵助はそれだけで理解したのか、掠れた声で応える。

「三木《みき》城での借り……確かに、返した」

言われてはじめて、思い出した。

五年前、孫六と兵助の初陣《ういじん》。別所長治《べっしょながはる》勢の籠もる、播磨《はりま》三木城での戦だった。遠巻きに城を囲む羽柴勢に、別所勢が夜襲を仕掛けてきたのだ。

長い包囲で飢えた敵の勢いは凄まじく、味方の前衛がたちどころに突き崩されていく。初陣の恐怖に耐えながらも、功名の機会に勇み立った孫六は、味方の首を獲ろうと馬乗りになっている敵兵を槍で貫いた。

その時、首を獲られかけていたのが兵助だった。その敵兵はたいした身分ではなく、さしたる手柄にはならなかったが、兵助にはずいぶんと感謝されたものだ。

「お前、そんな昔のことを……」

兵助は答えず、震える手で孫六の腕を摑む。

「将に、なれ……将になって、天下に名を……俺の夢を、お前が……」

その声はか細く、ほとんど聞き取ることもできない。それでも、兵助が伝えようとしていることは、はっきりと理解できた。

「わかった。お前の夢は、俺が受け継ぐ」

安堵《あんど》したように微笑み、兵助はそのまま事切れた。

兵助の目蓋《まぶた》を閉じさせてやると、孫六は市松らを相手に戦っている拝郷を見据えた。

多勢を相手に戦い続けても疲労の色は見えず、その動きはなおも衰えてはいない。市松の槍を弾き、助右衛門を蹴り倒し、助作の槍を摑んで奪い、虎之助の足を払う。それでも仲間たちは、臆することなく拝郷へ挑み続けている。

「兵助の仇だ、必ず討ち取れ！」

市松が叫ぶ。その涙混じりの声を聞いた時、突然目の前が開けたような気がした。そうか、仲間か。今まで自分は、一人で戦ってきた。己の力だけで、己のためだけに。それで目の覚めるような手柄など、立てられるはずもなかったのだ。

力を貸してくれ。心の中で言うと、兵助の刀を鞘《さや》ごと抜いた。孫六兼元《まごろくかねもと》。いつかの戦で手柄を立てた兵助が、秀吉から拝領したものだ。立ち上がり、再び拝郷を睨む。

拝郷はこちらに背を向け、それを市松たちが取り囲んでいる。

孫六の左腕は、もうほとんど言うことを聞かない。息を吸うたびにあばらが痛み、足も萎《な》えかけている。あと一撃。それにすべてを懸ける。

孫六兼元の鞘を払った。深く息を吸い込んで駆け出す。正面に、助右衛門の大きな背中が見えた。拝郷は、その向こうにいる。

「助右衛門、しゃがめ！」

振り返った助右衛門が、ぎょっとしたような顔で慌ててしゃがみ込む。孫六は飛び上がり、その背中を踏み台にさらに跳躍《ちょうやく》した。

拝郷がこちらを向いた。驚愕《きょうがく》に歪むその顔に、渾身《こんしん》の力を籠めて刀を叩きつける。手応え。同時に、地面に叩きつけられた。全身の痛みを堪《こら》えて上体を起こし、振り返る。

拝郷は、まだ立っていた。顔を斜めに斬り裂かれ、右の目は零《こぼ》れ落ちかけている。味方は気圧されたように、その場に立ち尽くしていた。

「誰でもいい、とどめを！」

叫ぶと、市松が我に返ったように踏み出した。

市松の繰り出した槍の穂先が、拝郷の喉を貫いた。その後に、虎之助と助右衛門が続く。三本の槍に刺し貫かれた拝郷の四肢から、ようやく力が抜けた。

槍が抜かれ、拝郷が崩れ落ちる。大将を討たれた拝郷隊の兵たちも、敗走をはじめた。

「孫六」

荒い息を吐きながら、市松が言った。

「お前の手柄だ。お前が首を獲れ」

座り込んだまま、孫六は首を振る。

「ありがたいが、俺はもう、手柄などどうでもいい。その首は市松、お前にやる」

一瞬、驚いたような表情を見せ、市松は「わかった。貰《もら》ってやる」と笑みを浮かべた。

市松が切り取った拝郷の首を掲げ、味方から歓声が上がる。

「勝家の本隊も、撤退をはじめたらしい」

言ったのは三成だった。

「休んでいる暇はないぞ。我らはこのまま越前まで攻め入り、北ノ庄を落とすとのお下知だ」

「つまり、功名の立て時はまだまだあるということだな」

笑みを見せる虎之助に、三成が「そういうことだ」と応じる。

「ならば、俺は柴田勝家の首を頂戴するとしよう」

「馬鹿を言え。勝家の首級は俺のものだ」

「いや、俺だ」「いやいや、俺が戴く」と、いつもの言い争いがはじまった。苦笑しながら、孫六は兵助の刀を手に立ち上がる。

将になって、天下に名を響かせる。厄介《やっかい》な荷を引き受けてしまったものだった。だが、重荷だとは感じない。どうしようもない困難が立ちはだかった時には、この仲間たちを頼ればいいのだ。

「つまらぬ喧嘩はそれまでだ。まいるぞ。目指すは越前、北ノ庄だ」

三成の号令に、一同がおお、と声を揃える。

俺が死ぬまで、この刀は借りておくぞ。兵助に呼びかけ、歩き出す。

六

深い霧の先から、軍勢が蠢《うごめ》く気配がひしひしと伝わってくる。

「開戦の時は近い。各々、ゆめゆめ備えを怠るでないぞ」

加藤左馬助嘉明《さまのすけよしあき》は、本陣を固める諸将に下知した。

慶長《けいちょう》五年九月十五日、美濃国関《せき》ヶ原《はら》。この狭い盆地にひしめく二十万近い軍勢は、戦いの火蓋が切られるその時を、じっと息を潜めて待っている。

霧が晴れれば、正面に現れるのは笹尾山《ささおやま》に陣を布《し》く石田治部少輔《じぶのしょう》三成の軍だ。

石田勢は、その数およそ七千。対する嘉明の軍は三千。だが、味方には福島正則《まさのり》や黒田長政《くろだながまさ》、細川忠興《ほそかわただおき》ら、孫六茂勝と名乗っていた頃から戦場で轡を並べてきた、多くの朋輩がいる。

佩刀《はいとう》の柄《つか》に手をやり、嘉明は昂《たか》ぶりかける気持ちを鎮めた。

孫六兼元。あれ以来、嘉明の佩刀は変わっていない。

賤ケ岳での戦から、もう十七年が過ぎていた。あの時共に戦った仲間が敵味方に分かれるのも、乱世の習いというものだろう。

賤ケ岳で功を挙げた者の大半は、一軍の将として身を立てている。嘉明も戦後、秀吉から感状を与えられ、三千石を賜《たまわ》った。その後も手勢を率いて各地の戦場に参陣し、今では伊予《いよ》で十万石を知行している。

とはいえ、自分の名が天下に鳴り響くほどではないことは、嘉明自身が最も理解している。正則や加藤清正と比べれば、嘉明の将としての評価はさしたるものではない。

数百、数千の兵を率い、将として戦ううち、己の名声を求める気持ちは自然と消えていった。

目立つ必要などない。与えられた持ち場を堅く守り、負けない戦をする。華々しい戦功より、将兵を無駄に死なせないことを、嘉明は重んじていた。地味だが堅実で、一軍を任せれば崩れることがない。たぶんこのあたりが、自分の将器の限界だろう。

兵助には悪いが、自分の名を天下に轟《とどろ》かせるよりも、家を保ち、家臣たちを路頭に迷わせないことの方が、嘉明にとってははるかに重い役目だった。

不意に、南の方角から鉄砲の筒音が響いた。福島正則が布陣しているあたりだ。

「はじまったな」

床几《しょうぎ》から腰を上げ、馬に跨った。将兵の視線を一身に浴びながら、声を張り上げる。

「これよりはじまるは、空前の大戦である。されど、軍法は常の通り。いかなる理由があろうとも、抜け駆けは許さぬ。目先の手柄に囚われるな。朋輩を信じ、互いに命を預けよ」

腰の孫六兼元を抜き放ち、切っ先を天に掲げる。

「鬨《とき》の声を上げよ。加藤左馬助嘉明の軍は、いかなることがあろうとも崩れぬ」

深い霧が、ようやく晴れようとしている。

方々で軍勢が動き出し、地響きに似た音が巻き起こった。戦と死の濃密な匂いが盆地を満たしていく。抑え込んでいた血の昂ぶりを、嘉明は感じていた。

また、力を借りるぞ。胸の裡で兵助に語りかけ、切っ先を前方に向ける。

「進め。目指すは笹尾山、石田治部少輔三成が本陣」

喊声が響く中、嘉明は馬腹を強く蹴った。

戦後、嘉明は伊予で十万石を加増され、二十万石取りの大名となった。

伊予勝山《かつやま》城を本拠と定めた嘉明は、大掛かりな城の改修と城下町の建設を開始する。

築城に先立ち、嘉明は氾濫《はんらん》を繰り返す伊予川と石手《いして》川の流れを変えて堤防を築く一大作事に取り掛かり、長い月日をかけてこれを成し遂げた。

これにより、勝山周辺の平地は氾濫から守られ、ようやく城下町として十分な広さと安全を得た。多くの荒地や沼沢《しょうたく》を開墾できるようになったため、年貢《ねんぐ》の大幅な増収も見込める。作事によって整えられた湯山《ゆやま》川、伊予川の水運は物流を促し、築城にも大いに役立つこととなった。

普請は実に足かけ二十六年にも及び、寛永《かんえい》四年、ついに城は完成を迎える。

「面白いものだな」

眼下に広がる松山《まつやま》の町並みを見下ろし、嘉明は呟く。

川の流れが変わり、田畑が拡がり、城と町が出来上がっていく様をこの二十六年の間、眺め続けてきた。戦のようにすぐに結果は出ないが、国造りにこれほどやりがいがあるとは思わなかった。

だが落成式を目前に控えた嘉明は突如、将軍家光《いえみつ》から会津《あいづ》四十万石への転封を命じられる。異を唱えることなど、できるはずもなかった。

会津に入った嘉明は検地を実施し、領内の整備に取り掛かる。領民の便がいいように難所を通る街道を廃し、新たな道を拓《ひら》いた。

そしてその四年後、嘉明は江戸加藤屋敷で死の床に就く。齢《よわい》、六十九。かつて〝賤ヶ岳七本槍〟と称された男たちで存命しているのは、嘉明ただ一人となっていた。

「どうだ、見ているか？」

病床で、嘉明は兵助に語りかけた。

お前の夢を継ぐことはできなかった。しかし、俺は悔いてなどいないぞ。松山の民を豊かにし、会津の治世の足掛かりも築いたのだ。それだけでも、ただの猪武者だった俺にしては上出来だろう。

だが、俺ももう歳だ。そろそろ、そっちへ行かせてくれ。

目を閉じ、嘉明は仲間の待つ場所へと赴いた。

## ●略歴

### 木下昌輝（きのした・まさき）

1974年奈良県生まれ。2012年「宇喜多の捨て嫁」で第92回オール讀物新人賞を受賞する。単行本化された同作が第152回直木賞候補となり、2015年、同作で第2回高校生直木賞、第4回歴史時代作家クラブ賞新人賞、第9回舟橋聖一文学賞を受賞。2017年『敵の名は、宮本武蔵』が第30回山本周五郎賞、第157回直木賞、第7回山田風太郎賞の候補となる。他の著書に『人魚ノ肉』『天下一の軽口男』『兵』『まむし三代記』『戀童夢幻』『応仁悪童伝』など。

### 簑輪 諒（みのわ・りょう）

1987年栃木県生まれ。2014年『うつろ屋軍師』が第19回歴史群像大賞に入賞し、デビュー。2015年、同作が第4回歴史時代作家クラブ賞新人賞候補となる。他の著書に『殿さま狸』『くせものの譜』『でれすけ』『最低の軍師』『千里の向こう』など。

### 吉川永青（よしかわ・ながはる）

1968年東京都生まれ。2010年「我が糸は誰を操る」（刊行時『戯史三國志 我が糸は誰を操る』に改題）で第5回小説現代長編新人賞奨励賞を受賞。2016年『闘鬼 斎藤一』で第4回野村胡堂文学賞受賞。他の著書に『誉れの赤』『闘鬼 斎藤一』『悪名残すとも』『治部の礎』『裏関ヶ原』『孟徳と本初 三國志官渡決戦録』『老侍』など。

## 土橋章宏（どばし・あきひろ）

1969年大阪府生まれ。2011年「超高速！参勤交代」で第37回城戸賞を受賞し、同名映画は第38回日本アカデミー賞最優秀脚本賞、第57回ブルーリボン賞作品賞を受賞。さらに同名の小説で作家デビューを果たす。他の著書に『幕末まらそん侍』『超高速！参勤交代 リターンズ』『引っ越し大名三千里』『スマイリング！』『チャップリン暗殺指令』『身代わり忠臣蔵』『いも殿さま』など。

## 矢野 隆（やの・たかし）

1976年福岡県生まれ。2008年『蛇衆』で第21回小説すばる新人賞を受賞。その後、『無頼無頼ッ！』『兇』『勝負！』など、ニューウェーブ時代小説と呼ばれる作品を手がける。また、『戦国BASARA3 伊達政宗の章』『NARUTO イタチ真伝』といったゲームやコミックのノベライズ作品も執筆している。他の著書に『戦始末』『戦神の裔』「戦百景」シリーズなど。

## 乾 緑郎（いぬい・ろくろう）

1971年東京都生まれ。2010年『忍び外伝』で第2回朝日時代小説大賞、『完全なる首長竜の日』で第9回『このミステリーがすごい！』大賞を受賞し、デビュー。2013年『忍び秘伝』が第15回大藪春彦賞候補となる。他の著書に「鷹野鍼灸院の事件簿」シリーズ、『海鳥の眠るホテル』『機巧のイヴ』『思い出は満たされないまま』『愚か者の島』『仇討検校』など。

## 天野純希（あまの・すみき）

1979年愛知県生まれ。2007年『桃山ビート・トライブ』で第20回小説すばる新人賞を受賞し、デビュー。2013年『破天の剣』で第19回中山義秀文学賞を受賞。他の著書に『覇道の槍』『北天に楽土あり 最上義光伝』『蝮の孫』『燕雀の夢』『信長嫌い』『有楽斎の戦』『雑賀のいくさ姫』『もののふの国』『紅蓮浄土 石山合戦記』『乱都』など。

本書は二〇一七年十一月、小社より刊行されました。
文庫化にあたり、一部を加筆・修正しました。

# 決戦《けつせん》！賤《しず》ヶ岳《たけ》

木下昌輝《きのしたまさき》、簑輪諒《みのわりよう》、吉川永青《よしかわながはる》、土橋章宏《どばしあきひろ》、
矢野隆《やのたかし》、乾緑郎《いぬいろくろう》、天野純希《あまのすみき》



講談社文庫
定価はカバーに
表示してあります

2022年5月13日第1刷発行

発行者——鈴木章一
発行所——株式会社 講談社
東京都文京区音羽2-12-21 〒112-8001
電話 出版 (03) 5395-3510
　　 販売 (03) 5395-5817
　　 業務 (03) 5395-3615
Printed in Japan

KODANSHA

デザイン—菊地信義
本文データ制作—講談社デジタル製作
印刷———株式会社KPSプロダクツ
製本———株式会社国宝社



ISBN978-4-06-528009-6

# 講談社文庫刊行の辞

二十一世紀の到来を目睫に望みながら、われわれはいま、人類史上かつて例を見ない巨大な転換期をむかえようとしている。

世界も、日本も、激動の予兆に対する期待とおののきを内に蔵して、未知の時代に歩み入ろうとしている。このときにあたり、創業の人野間清治の「ナショナル・エデュケイター」への志を現代に甦らせようと意図して、われわれはここに古今の文芸作品はいうまでもなく、ひろく人文・社会・自然の諸科学から東西の名著を網羅する、新しい綜合文庫の発刊を決意した。

激動の転換期はまた断絶の時代である。われわれは戦後二十五年間の出版文化のありかたへの深い反省をこめて、この断絶の時代にあえて人間的な持続を求めようとする。いたずらに浮薄な商業主義のあだ花を追い求めることなく、長期にわたって良書に生命をあたえようとつとめるところにしか、今後の出版文化の真の繁栄はあり得ないと信じるからである。

同時にわれわれはこの綜合文庫の刊行を通じて、人文・社会・自然の諸科学が、結局人間の学にほかならないことを立証しようと願っている。かつて知識とは、「汝自身を知る」ことにつきていた。現代社会の瑣末な情報の氾濫のなかから、力強い知識の源泉を掘り起し、技術文明のただなかに、生きた人間の姿を復活させること。それこそわれわれの切なる希求である。

われわれは権威に盲従せず、俗流に媚びることなく、渾然一体となって日本の「草の根」をかたちづくる若く新しい世代の人々に、心をこめてこの新しい綜合文庫をおくり届けたい。それは知識の泉であるとともに感受性のふるさとであり、もっとも有機的に組織され、社会に開かれた万人のための大学をめざしている。大方の支援と協力を衷心より切望してやまない。

一九七一年七月

野間省一

三津田信三　生霊《いきだま》の如き重《だぶ》るもの
三津田信三　幽女《ゆうじょ》の如き怨むもの
三津田信三　碆霊《はえだま》の如き祀るもの
三津田信三　魔偶《まぐう》の如き齎《もたら》すもの
三津田信三　シェルター終末の殺人
三津田信三　ついてくるもの
三津田信三　誰かの家
三津田信三　忌《い》物《ぶつ》堂《どう》鬼《き》談《だん》
道尾秀介　カラスの親指〈by rule of CROW's thumb〉
道尾秀介　カエルの小指〈a murder of crows〉
道尾秀介　水の柩
深木《みき》章子《あきこ》　鬼畜の家
湊かなえ　リバース
宮内悠介　彼女がエスパーだったころ
宮内悠介　偶然の聖地
宮乃崎《みやのさき》桜子《さくらこ》　綺《き》羅《ら》の皇女《ひめみこ》(1)
宮乃崎桜子　綺羅の皇女(2)
三國青葉　損料屋見鬼《けんき》控え　1
三國青葉　損料屋見鬼控え　2
三國青葉　損料屋見鬼控え　3
三國青葉　福猫屋〈お佐和のねこだすけ〉
三國青葉　福猫屋〈お佐和のねこかし〉
宮西真冬　誰かが見ている
宮西真冬　首の鎖
宮西真冬　友達未遂
南　杏子　希望のステージ
嶺里俊介　だいたい本当の奇妙な話
村上　龍　愛と幻想のファシズム(上)(下)
村上　龍　村上龍料理小説集
村上　龍　新装版 限りなく透明に近いブルー
村上　龍　新装版 コインロッカー・ベイビーズ
村上　龍　歌うクジラ(上)(下)
向田邦子　新装版 眠る盃
向田邦子　新装版 夜中の薔薇
村上春樹　風の歌を聴け
村上春樹　1973年のピンボール
村上春樹　羊をめぐる冒険(上)(下)
村上春樹　カンガルー日和
村上春樹　回転木馬のデッド・ヒート
村上春樹　ノルウェイの森(上)(下)
村上春樹　ダンス・ダンス・ダンス(上)(下)
村上春樹　遠い太鼓
村上春樹　国境の南、太陽の西
村上春樹　やがて哀しき外国語
村上春樹　アンダーグラウンド
村上春樹　スプートニクの恋人
村上春樹　アフターダーク
村上春樹／佐々木マキ 絵　羊男のクリスマス
村上春樹／佐々木マキ 絵　ふしぎな図書館
村上春樹／糸井重里　夢で会いましょう
村上春樹・文／安西水丸・絵　ふわふわ
U.K.ル=グウィン／村上春樹 訳　空飛び猫
U.K.ル=グウィン／村上春樹 訳　帰ってきた空飛び猫
U.K.ル=グウィン／村上春樹 訳　素晴らしいアレキサンダーと、空飛び猫たち
U.K.ル=グウィン／村上春樹 訳　空を駆けるジェーン
T.ファリッシュ著／B.ルート絵／村上春樹 訳　ポテト・スープが大好きな猫
村山由佳　天翔る

## 講談社文庫　目録

# 講談社文庫　目録